武に身を捧げて百と余年。エルフでやり直す武者修行5

赤石赫々

ファンタジア文庫

2359

口絵・本文イラスト　bun150

武に身を捧げて百と余年。
ルフでやり直す
武者修行
5

武に身を捧げて百と余年。エルフでやり直す武者修行5

Character

スラヴァ＝マーシャル
少年の身体に老人の心を持つエルフの少年。『最強』を目指し、武の道を邁進する。

シェリル＝プライム
魔人とエルフとの間に生まれた少女。しょっぱいものとスラヴァが大好き。

ソーニャ＝アルヴェーン
風の魔法を得意とし、気候を読む『空見』の少女。スラヴァに惚れ込み、武者修行の旅に同行する。

アルマ＝シジマ
エルフの国を未曾有の危機から救った英雄。父であり師匠でもあったスラヴァ＝シジマに心酔している。

レティス＝コルドウェル
商人の娘で裕福な家庭育ちだが、武術の才に長けている。勝ち気でお転婆な性格。

チェスター＝プライム
『プライム流決闘術』を名乗り、スラヴァ＝シジマと幾度も死闘を繰り広げた男。シェリルの祖父。

あらすじ

国中の強者が集う「武術大会」に参加し、その実力を見せつけるスラヴァ一行。

激闘の末、ソーニャを下したアルマは第二回戦でシェリルと対決。シェリルの新奥義『白神蛇』を受けながらも僅差で勝利を掴み、準決勝に進出を果たす。

スラヴァも順調に勝ち進み、準決勝に臨むこととなる。

一方、そんな白熱する大会の裏では『昏い色の結晶』を使ったタリスベルグの実験を目論むゼツロが暗躍。黒い思惑の中、大会は進んでいく——。

第二十話　休息と幕開けと

「……凄《すご》いな。その歳でここまでの回復魔術《まじゅつ》が使える者というのは、初めて見たぞ」

「いえいえ。私なんぞはまだ。回復魔術だけを見れば、もっと上手に使う者はいましょう」

感心したようにぐるりと腕《うで》を回すアルマを見て、私は小さく鼻を鳴らした。

褒《ほ》められる事は悪い気はせんが、それが我が娘《むすめ》に知らずに——というのは、なんだか少しおかしく思えたからだ。

シェリルとアルマの試合が終わったあと。

私達は控《ひか》え室でにこやかに談笑していた。見る試合が無い——というわけではない。そもそもシェリルとアルマの戦いは、二回戦最後の試合だ。それが終われば一回戦の初戦を務めた私の番が来るのは必定。

だというのにこうして談話なぞしているのには訳がある。

「あ、シェリルちゃんそこのサンドイッチとってー」

「私にもお願い」

「むあい《はい》」

まあ訳という程のものでもないのだがな。

簡単な話、二回戦が終わった後には休憩《きゅうけい》が入るということで、私たちは持ち寄った弁当で小さな食事会をしていたのだ。

「しかし、良かったのか？　順調に行けば、お前と私は闘《たたか》うことになるのだぞ？」

その前に、シェリルとアルマの傷は私が治しておいた。

二人共しこたま殴《なぐ》りあっていて、食事どころではない有り様だったからな。まったく、アルマのやつも回復魔術すら覚束《おぼつか》ないほど全力を出すとは仕方のないやつだ。何のためにシジマ流で回復魔術を学ぶのやら。

などと思いつつも、娘の勝利が嬉《うれ》しいあたりは私も親というものなのだろうか。

困ったような笑いを浮《う》かべながらそういうアルマに、私は笑ってみせる。

「なに、手負いの先生に勝っても意味はありませんのでな。決勝までに魔力《まりょく》の方も少しは回復させておいていただけるとありがたいものですが」

「む……いうなこいつ。いいだろう、お前との勝負では全力を出せるよう頑張《がんば》るよ」

そう、折角久々の手合わせなのだ。親子といえども、全力を出せねば勿体《もったい》無い。

それはそうとしても、アルマを治したことで余計なことを――という視線を向けられるかと思ったのだが、武術大会も残すところあと三戦。ここまで来た者に、無粋《ぶすい》なことをいうつもりの者はいないらしい。

非常に良いことだ――と思いつつ、私は自分が作ったサンドイッチに手を伸《の》ばす。

サンドイッチは手軽に作れるから好きだ。生ハムとルッコラ、そしてトマトを硬《かた》いパンで挟《はさ》んだものにかぶりつく。

オリーブオイルと酢《す》のドレッシングがパンに染みていていい塩梅《あんばい》だ。硬いパンの皮で油が染み出すのを防いでいるので、手も汚《よご》れない。

生ハムの塩気もあるので、少しドレッシングの塩コショウを効かせすぎた気もするが、これはこれで実は好みだ。

基本的には薄味《うすあじ》派なのだが、最近ではこうしたものも好きになってきているのは身体《からだ》の与《あた》える影響《えいきょう》だろうか。

「む、それ美味しそうだな。一つ貰《もら》ってもいいか？」

などと一人で楽しんでいると、アルマが私の食べているサンドイッチに興味を示してきた。

楽しそうな笑みを浮かべているあたり、やはりまだ年頃《としごろ》の娘だと思う。

どうぞ、と釣《つ》られて笑みを浮かべ、他のサンドイッチを渡《わた》す。

「ありがとう。ルッコラと生ハム――このサンドイッチが、私は好きでな」

礼をいいながらサンドイッチを受け取ったアルマは、大きくない口を精一杯《せいいっぱい》広げ、サンドイッチを頰張《ほおば》った。

目を瞑《つぶ》りながら、いい笑顔で口をもごもごと動かす様は、昔から変わっていないな。そうそう、食事は食材に感謝をし、楽しんで食べなければ――

と、思ったあたりでアルマは眼を開き、動きを止めた。

まさか美味くなかったのだろうか。いやいや、料理は上手とはいえんが、作り慣れているので不味《まず》くはないはず。

「お口に合いませんでしたか？」

その様子に恐《おそ》る恐る、評価を聞いてみる。

料理が下手な者は――レティスの様に――時折想像以上のものを作り出す。味見はきちんとしたが、私の味覚が……という点も考えられる。

もう飯を作り始めて百年以上は経《た》つのだ、これで下手だったら少しへこむ。

「い、いや！　美味《おい》しいよ！　美味しいんだが、その……」

……などと考えてはいたが、それは杞憂《きゆう》だったようだ。

慌《あわ》てて否定したアルマは一口齧《かじ》ったサンドイッチに視線を落とし、呟《つぶや》いた。

「……私の師匠《せんせい》がよく作ってくれたものに、とても似ていてな。ちょっと濃《こ》い味付けなんかがそっくりで、つい驚《おどろ》いてしまったんだ」

昔を懐《なつ》かしむような、どこか淋《さび》しげな表情に思わず手が止まる。

そういえば、簡単ということで何度か作った気がする。

……ううむ、こういう娘の姿を見ると、やはり罪悪感があるな。しかし、大会の結果如何《いかん》によってはそれも今日までと思えば――

「簡単な料理ですからな。似た味もあるでしょう？」

「いや……私が何度作っても、こうはならなかったんだ。不思議だな……でも、凄く会いたかった味なんだ。ありがとう、スラヴァ」

こんな簡単な料理だというのに、アルマの眼にはうっすらと涙《なみだ》が浮かんでいた。

ざ、罪悪感が……自立出来ているものと思っていたとはいえ、ほったらかしていた娘にこういわれると流石《さすが》に心がざわつく。

ソーニャに肘《ひじ》で脇腹《わきばら》を突《つ》かれながら、私はなんとも微妙《びみょう》な心地《ここち》で昼食会を過ごすのであった。

……まあ、しかし。

久々に娘と摂《と》る食事というのは、良いものだったが。

◆

「さてミラフィア大武術大会も残すところあと三戦！　それでは準決勝を戦う武術家達に入場していただきましょう！　まずは西門、スラヴァ＝マーシャル選手お願いします！」

私にとっては小さなハプニングもあった昼食会が終わり、少し時間が経ったころ。大会が再開され、ついに準決勝が始まった。

ここまでは正直強敵という強敵には出会っていないので、そろそろ身体を温めていきたいところだが。

……いや、初戦の相手が強敵といえば強敵ではあったのだが、そういうのではなく。

折角国最大の武術大会に出たというのにくじ運が悪い……といってしまうと今まであってきた武術家に悪いが、このままだとどうしてもアルマが羨《うらや》ましくなってしまうな。

それはさておき。

司会の合図を聞き、私は光指す入場口へと歩みを進める。

薄暗い所から視界の開けた明るい場所に出るのは、開放感があって中々悪くない。

世界を隔《へだ》てるような光と影《かげ》の境界を踏《ふ》み越《こ》え、空を仰《あお》ぐ——

と、その瞬間《しゅんかん》。

押し寄せんばかりの歓声《かんせい》が私の身体を叩《たた》いた。

な、なんだ⁉

一回戦と二回戦にはなかった展開に、つい辺りを見回す。

「スラヴァくーん！」

「頑張れよちっこいのー！」

もしや対戦相手が名の売れた者なのでは——と思い至ったが、どうやらこの歓声は私に向けられたものの様子。

ヤジというのでもなく、純粋《じゅんすい》に私を応援《おうえん》する声のようだ。

「おおっとスラヴァ選手、大人気ですね！　一回戦二回戦と底の見えない活躍《かつやく》をしてきた天才少年！　ここまで唯一《ゆいいつ》残った子供の選手ということもあり、これからの戦いにも期待が高まっているぞー！」

……む、むう。応援は悪い気がせんが、これは流石に面映《おもはゆ》いな。

というか天才とはなんだ。私はそれとはかなり遠いところにある存在だと思ったが——

事情を知らねば、そう映るのも仕方がないか。

ただ努力を重ねてきただけだが、年齢《ねんれい》からすると私は腕が立つ方ではある。それでも上がいるかも……と期待してしまうのが、業《ごう》の深いところだが。

「対する東門！　グラディス＝ボガート選手！　入場をお願いいたします！」

なんともむず痒《がゆ》い気持ちを払《はら》うように、私は向かいの東門に注視した。

対戦相手のグラディスという選手は、ここに至るまで何度か戦いを見てきた。

率直な感想をいうと、アルマ以外では一番期待している存在だった。

それというのが——

「筋肉という鋼《はがね》に覆《おお》われた屈強《くっきょう》なボディ！　スラヴァ選手とは対照的な選手です。この戦いはどの様な展開を見せるのでしょうか！　それでは両者舞台《ぶたい》へお進みください！」

この、筋骨隆々《きんこつりゅうりゅう》という言葉が良く似合う、鍛《きた》えぬかれた身体だ。

グラディス＝ボガート。正直にいえばそそられていた。

歳の頃《ころ》は人間でいうと四十か五十といったところだろう。脂《あぶら》が乗り、技が円熟してくる非常によい年代だ。

エルフの国の武術はまだまだ興《おこ》ったばかりだが、この男は恐らく、チェスターと同類。

アルマがタリスベルグを打ち倒《たお》す前から、武術を磨《みが》いてきた男だろう。

冷静かつ余裕《よゆう》のある今までの戦いが語っている。まだまだこのグラディスという男は力を隠《かく》していると！

舞台へ上がり、近づくとその身体のよく鍛えられたことがより分かる。

身体を動かすに重要なのは魔力だが、筋力もまた重要だ。シジマ流には、筋肉の付け過ぎも柔軟《じゅうなん》な動きを邪魔《じゃま》するとされ、好まれないが——強大な破壊槌《はかいつち》の如《ごと》き力を生み出すのは、筋肉がなくしては出来ないこと。

佇《たたず》まいからして感じるぞ、打撃《だげき》に重きを置いた戦いが。

「いい勝負にいたしましょう」

逸《はや》る気持ちを抑《おさ》え、礼を以《もっ》て手を差《さ》し伸べる。

握手《あくしゅ》を求めてのことだ。それに気付いたグラディスは表情を変えず、迷いなく私の手を取る。

「……ああ、そうだな」

だが、妙《みょう》に歯切れが悪い。

この空気に飲まれている……というわけでもあるまいに、どこか違和《いわ》感を覚えさせる態度だ。

私は心中で首をかしげつつ、グラディスから離《はな》れる。

……妙だ。

これほどの男だというに、妙に——自信がなさそうだ。

鍛えぬかれた身体と魔力《まりょく》はどちらも研鑽《けんさん》なくしてはたどり着けぬ境地のもの。だというのに何故《なぜ》――？

「それでは、両者構えてください！」

不思議な心地の中、私は審判《しんぱん》の声に頭を振《ふ》るう。

この様に乱れた心で相対しては失礼だ。疑問があるのならば、戦いの中で解き明かすか、その後に聞けば良いこと。

シジマ流が『流水』を構えると、両腕《りょううで》によるガードの奥にあるグラディスの眉《まゆ》がぴくりと動く。

何故だか辛《つら》そうなその瞳《ひとみ》に、しかし私は疑問符《ぎもんふ》を打ち払う。

……今は、集中せねば。

「試合――開始ッ！」

妙な違和感に包まれながら、私はそれでも興味に心を躍《おど》らせる。

さて、どんな戦いを見せてくれるやら。

ミラフィア武術大会準決勝が、ここに幕を開けた。

第二十一話　剛《ごう》の砦《とりで》

戦闘《せんとう》が開始すると、私達は魔力を放出した。

思った通り、グラディスの放つ魔力は凄《すさ》まじいものだ。強固な筋肉でガードを固めた上にこの魔力。その堅牢《けんろう》さは、私に石造りの砦を思い起こさせた。

また、その構えにも乱れはなく、佇《たたず》まいに隙《すき》はない。

流石《さすが》は——外見から察すると——四百年以上を生きたエルフといったところだろうか。

この男もチェスターの様に長くを生き、武の道を邁進《まいしん》してきたに違《ちが》いない。

試合が開始するも、やはり立ち上がりは静かなものとなった。

グラディスの方も私を警戒《けいかい》しているのだろう。ある程度は私の実力も見えているようだ。

子供と侮《あなど》らぬ視野の広さもありがたい。いくら強くとも、舐《な》めてかかられては興ざめというもの。直《す》ぐ様叩き潰《つぶ》しに来るという事をしない慎重《しんちょう》さ、出方を窺《うかが》う真剣《しんけん》さは、私にもグラディスの実力を再認識させてくれた。

……それ故《ゆえ》に解《げ》せん。

グラディスが顔に浮《う》かべる色は、それほどの実力を持つ者がするようなものではなかったからだ。

自信の喪失《そうしつ》、悔恨《かいこん》——およそ私には及《およ》びもつかないような感情が、影を生み出している。

だが、今はそんなことを気にしている暇《ひま》もない。

拳《こぶし》を合わせれば、何かが見えてくるはず——互《たが》いに少しずつ距離《きょり》を詰《つ》め合う中、私は意表をつくよう、大きく一歩を踏み出す。

木をナイフで削《けず》るような探りあいから、戦闘は一気に斧《おの》を木へと振り下ろすような変化を迎《むか》える。

グラディスはそれに表情を動かすも、予想の範疇《はんちゅう》といった具合に呼吸を整えた。

防御《ぼうぎょ》構えからの奇襲《きしゅう》という策は一回戦でも見せたが——この程度は対応してくるか。面白い！

「ッせい！」

まずは一発。防御を固めるグラディスへ、気合を込めて拳打を放つ。

アルマの目があるとか、消耗《しょうもう》を考えてだとか——様々な理由で『試製桜花《しせいおうか》』こそ使っていないものの、この一撃《いちげき》は紛《まぎ》れもない全力だ。

拳と腕《うで》が、魔力と魔力がぶつかり合い、鋼《はがね》を槌《つち》で叩いた様な音が鳴《な》り響《ひび》く。

「ぐ、ぬ」

拳打の衝撃《しょうげき》に顔を顰《しか》めるグラディス。

だが、その防御は完璧《かんぺき》だった。恐《おそ》らく大したダメージはあるまい。やはり、見込んだとおりだ。必要な能力を必要なだけ鍛えてきた落ち着き。彼にはそれが感じられる。

一撃を受け止めたグラディスは即座《そくざ》に反撃《はんげき》へと移った。私は全力の一撃を放ったばかりだ、すぐに離脱《りだつ》するような体勢は整っていない。

これが『透拳《バニシュ》』だったならば、相手の一撃が届くよりも速く二の矢を放てるのだが、生憎《あいにく》とあんないんちきはそうそう会得《えとく》できるものでもない。

とはいえ、防御ができないかといえば話は別。迫《せま》る一撃は振り下ろされる大槌を連想させるような質量・威力《いりょく》を持っているが――シジマ流にとっては、その威力の大きさは問題にならない。

逆の腕でいなしてやると、グラディスの拳は勢い良く空を切った。

食らっていれば危なかった――素直にそう思える威力は、流石魔力を磨き続けてきただけはある、と思わせてくれる。

「ははっ」

――いいや、楽しい。ついつい笑い声が漏《も》れてしまった。やはり闘争《とうそう》とはこうでなくてはならん。

一瞬《いっしゅん》も気を抜《ぬ》けぬ戦い。もしも気を抜けば一撃で戦況《せんきょう》はひっくり返り、積み重ねてきたものが崩《くず》れていく。

遊戯《ゆうぎ》にもならぬような理不尽《りふじん》がこんなに楽しいのは何故《なぜ》だろうな。

体捌《たいさば》きでかわし、腕の動きで力をいなし――打ち合いの続く中、私は自然と笑っていた。

こうして拳を交わしていると、グラディスの積み重ねてきた年月が良く分かる。

来る日も来る日も、拳を磨いてきたのだろう。この一撃はそうした上に成り立っている。

久々の強敵に、ついつい心が躍《おど》る。

……だが、やはりグラディスは表情を変えない。

どこか冷めた様な――いや、違う。むしろ逆――もがいてももがいても手が届かない、だから疲《つか》れてしまった。そんな表情だ。

無表情にも見える冷静な表情だというように、迫ってくるグラディスの拳からはそんな失望を感じてしまう。

表情と、拳打の鋭《するど》さ。嚙《か》み合わぬその二つの要素に、沈《しず》めていた疑問が浮かんでくる。

だが私は再びそれを沈めると、拳の打ち合いから足払《あしばら》いへと連絡《れんらく》をつけた。急激な動きの変化と攻撃《こうげき》をかわされたことによる隙が、グラディスから防御の選択肢《せんたくし》を隠した。

かける勢いをそのまま返され、グラディスの巨体《きょたい》が宙を舞《ま》う。

そこへ私は、魔力を込めた拳を打ち込んだ。

シジマ流が『勁《けい》』。二回戦でアルマが見せたものと同じ技である。

硬《かた》い筋肉と魔力の鎧《よろい》を通してダメージを与《あた》えるには、こういう内部から破壊《はかい》する技が調度良い。

支えを失った空中で、グラディスの腹筋に掌打《しょうだ》が突《つ》き刺《さ》さる。魔力の波動が腹を通して背から突き抜けると、グラディスはその軌道《きどう》を追うように、直線を描《えが》いて飛んで行く。

が、そこは敵もさるもの。

壁《かべ》へと到達《とうたつ》する前に、グラディスは身を翻《ひるがえ》して地面へと着地した。

口の端《はし》から血が流れているが、戦闘が続けられぬ程のダメージではないだろう。

防御力も大したものだ。だがそれだけではなく、攻撃を受ける瞬間、腹部に魔力を集中させていたのだろう。戦い慣れていなければこの芸当は出来まい。やはり楽しませてくれる！

……さあ、次の手はどうくる？　そして私の一手をどう凌《しの》ぐ？

新しいタイプの武術家と闘《たたか》うと、期待に胸が膨《ふく》らむ。

着地したグラディスとのにらみ合いが続く中、グラディスが採《と》った手は——

「……参った、俺は降参する」

——何よりも、私を驚愕《きょうがく》させるに値するものだった。

なんだと？　今此奴《こやつ》は、何といった⁉

「何故だッ！」

予想だにしていない展開に、私は思わず声を張り上げていた。

食いしばった歯が口角に影《かげ》を生み、眉間《みけん》には皺《しわ》が寄る。ゼツロ以来、久々の怒《いか》りだ。

力む身体《からだ》が限界を超《こ》えた魔力の警戒現象を生み、火花を散らす。

しかしグラディスはそんなものは気にもとめず、審判へと視線を送った。

「あ、え……は、はい……勝者、スラヴァ選手……」

……それにより、無慈悲《むじひ》にも試合は終わりを告げられてしまう。

納得がいかない。ここまでを客観的に判断すれば、実力では私が上をいっていたはずだが、それでもグラディスが勝ちを掴《つか》む機会もあったのは間違《まちが》いない。

一撃を当てて逆転とはいかずとも、その防御力で試行回数を生み出していけば、いくらでもチャンスはあったはずだ。

だというのに、何故こんな真似《まね》を……！

怒りが落胆《らくたん》に変わり、表情に影が落ちる。

……いや、多くはいうまい。この降参にも、何か理由があるのだろう。

あの表情を見れば、私には及びもつかない理由があることは分かる。……悔《くや》しいが、受け入れるしかない。

身体の小さなものが筋骨隆々の巨人《きょじん》に打ち勝ったということでか、会場内には観客の歓声が万雷《ばんらい》のごとく轟《とどろ》き続けている。

だが私は、まだ納得し切ることが出来なかった。

「……すまないな、少年」

諦観《ていかん》の念を顔に浮かべ、グラディスが謝罪の言葉を口にする。

……謝るということは、戦局や私の思いも見えていたのだろう。

「いえ……此方《こちら》もつい感情を出してしまいました。……ですが、よければ聞かせてはいただけませぬか。何故、ここで降参なのです？　まだまだ、これからといった所だった筈《はず》です」

いかんとは思いつつも、私は心中を吐露《とろ》せずにはいられなかった。

人に様々な思いがあるのは分かる。それを根掘《ねほ》り葉掘《はほ》り聞くべきではないと。

歩み寄ってきたグラディスが、静かに眼を閉じる。

「いいや」

僅《わず》かな沈黙《ちんもく》の後、彼はただそれだけを口にすると、眼を開いた。

「この先戦ったとしても、俺が君に勝てる可能性は低かっただろう。それでもゼロではなかったが、その可能性はあまりにも低い。これ以上は無駄《むだ》だと判断し、この様な選択を取らせてもらった。君の気持ちもわかるが、俺にも色々と考えることがあってな」

あまりにも——という部分は除くが、やはりグラディスの分析《ぶんせき》は、私の分析と似通っていた。

大きく違うのは、これ以上は無駄だ、という部分だ。……武術家ならば、たとえ負けるとわかっている試合でも、切り札を切るまでは諦《あきら》められない。私はそう、思っていたのだが。

……グラディスの思いを否定するつもりはない。無駄に傷付かずに済むのならば、それもまた良いとは思っている。

だがこんなのはあんまりではないか。何のためにその力を練り上げてきたというのだ。

しかし色々と考えることがある、といわれてしまえばそれ以上追及することはできない。

十年来の友人でもあれば別だが、私とグラディスは偶々《たまたま》手を合わせただけの関係にすぎないのだ。これ以上踏《ふ》み入るのは失礼というものだろう。

「……わかりました。此方こそ失礼いたしました。……いずれ、本気の貴方《あなた》と見《まみ》える事を願っております」

そんな思いをあれこれ隠《かく》し、私は最後にと手を差し出した。

試合開始前の様に、手へと視線を落とすグラディス。だが彼は、今度は手を取ることはなかった。

「……すまないな。俺にその手を取る資格はない。願わくは――君が間違えないことを祈《いの》っていよう」

悲しげに手を見つめた彼はそういうと、背を向けて去っていった。

試合の終了《しゅうりょう》が告げられ、観客の声が響く中を彼は去っていく。観客からは『潔《いさぎよ》い』と思われているのか、その声は好意的だ。

……くそ、なんだこの後味の悪さは。

こんなに嬉《うれ》しくない勝ちは久々だ。だが、もうこれ以上文句をいうのも、無粋《ぶすい》だろう。

少なくとも彼には、私の推《お》し量《はか》れぬ思いがあった。ならば、飲み込むしかない。

咀嚼《そしゃく》を忘れたパンを飲み下すような異物感を感じながら、私はグラディスに背を向け、舞台《ぶたい》から降りるのであった――

第二十二話　決勝戦

「まだ納得いってないの？」

「……いくわけがあるか」

試合から帰ってきてすぐ、アルマの試合を見下ろしながら、私は隣《となり》のソーニャに先ほどの試合の事を愚痴《ぐち》っていた。

本人のグラディスがこの場にいないということもあるが、なんとも煮《に》え切らぬこの気持ちを、口にせずにはいられなかったのだ。

下で行われているアルマの試合も特筆することはなく、そう遠からずアルマが勝ちを収めるであろうという内容のもの。傷が痛いから歯を食いしばろうにも食いしばる歯がないような状況《じょうきょう》に、私は年甲斐《がい》もなく文句を重ねていた。

……文句をいうのは野暮《やぼ》、と思ってはいたものの、やはり納得は出来なかったのだ。

相手のグラディスがそれ程魅力《みりょく》的な武術家だったということもある。単純な防御《ぼうぎょ》力に優《すぐ》れるグラディスの型は、攻撃を受け流すシジマ流や、そもそも攻撃こそ最大の防御だというプライム流決闘術《けっとう》ともまた違《ちが》う魅力を持っていたのだ。

単に珍《めずら》しい戦闘《せんとう》スタイルというだけではなく、彼には長きに渡《わた》り戦闘経験を積んできた故《ゆえ》の判断力もあったし、それを戦いに反映《うつ》す反応の早さもあった。

故に、悔《く》やんでも悔やみきれない。あれほどの武術家と手を合わせる機会は、そうはないはずだ。

「といってもさ、あの人がそういうんだったらしょうがないでしょ？　きっと思いつめた上での事だったって、スラヴァ君だってわかってるでしょうに」

「ああ、そうなのだがな……くそ、やはり煮え切らんよ……」

そのせいか、どうにも諦めがつかない。

いつもとは逆にソーニャに諭《さと》されているという状況は、やはり色々とまずいとは思うのだが——実に惜《お》しい。その気持ちを打《う》ち払《はら》う事ができぬ。

「あ、ほら。アルマさんがいいの決めたよ？　うわあ、あれは暫《しばら》く立ち上がれないだろうね」

「顎《あご》にいいやつが入っていたからな。明日《あした》まで眼を覚ますことはあるまい。少し力が入りすぎている気がするが、見事な一撃《いちげき》だ」

とはいえ、娘《むすめ》の晴れ舞台を見逃《みのが》せるはずもない。

しっかりと試合は見ていたので、気の毒そうなソーニャの言葉に同調すると、ソーニャは悪戯《いたずら》っ子のような邪悪《じゃあく》な笑みを浮《う》かべる。

「おやおや、随分《ずいぶん》しっかり見ているねえ」

「う……まあな」

やはりこういう場所だと親の気分になってしまう――ええい、仕方がなかろう。

いくつになってもアルマの活躍《かつやく》は嬉しく思ってしまうのだ、私はなにもおかしくはない。

……だがまあ、そんなやりとりをしていたら少しだけ気も晴れてきた。

疲《つか》れからか私の膝《ひざ》を枕《まくら》に眠《ねむ》っているシェリルを起こさぬよう気をつけながら、その頭に手を添《そ》わす。

「シェリルちゃん、よく寝《ね》てるね。アレは久しぶりだから疲れたのかな」

「それもあるだろうな。だが気付いたか？　最後の方はいつもと様子が違っていたことに」

「うん……なんか、暴力的な感じがなかったっていうか――清々《すがすが》しい感じだったよね。いつものシェリルちゃんとの間の状態っていうかさ」

ソーニャの言葉に頷《うなず》き、私はシェリルへと視線を落とした。

……二回戦でのアルマとの戦い、戦闘で昂《たかぶ》ったシェリルは禍々《まがまが》しい魔力《まりょく》を解放した。そうする時、シェリルは往々にして感情をも昂らせ、加減を知らぬ子供のようになる。

だが後半――アルマと殴《なぐ》りあうようになってから、その笑みから暴力的な意志が消えていったように感じられたのだ。

とても楽しそうに感情を表しながら、しかし普段《ふだん》のシェリルのようにどこか落ち着いた心を持つ――

シェリルの感情が昂ったことは、旅の途中《とちゅう》でも何度かあるし、出会った時にはもう見ている。

けれどあんな状態は初めてであった。それは――とてもよい変化に感じられるのだ。

「アルマとの戦いが、よい刺激《しげき》になったのかもしれんな。実力が近い者に全力をぶつけ、それを受け止めてもらえた。そんな当たり前の事が、この子には足りなかったのかもしれん」

「そうかもね……って、私との戦いはどうなの？　実力自体はそんなに差がないけれど」

「……ソーニャと組手をする時には『薫身《くゆりみ》』があるからな。持ち味を封《ふう》じられては、全力をぶつけられるとはいいがたいだろう」

私が困ったような顔で指摘《してき》すると、ソーニャは舌を出して誤魔化《ごまか》す。

……やれやれだ。しかし――

今までしてきてやれなかった事をしてやれるようになったとは、アルマも大きくなったな。

この子の全力を受け止めるのは、それなりに大変なことなのだが。

……もしもの話になるが。

アルマが学校で再会した時のままであれば、この結果はなかったろう。

最初のソーニャとの戦いで勝つことは難しかったはずだ。上手《うま》く『薫身《くゆりみ》』の弱点をついて勝てたとしても消耗《しょうもう》の割合は今より大きくなっていた。そうなっていれば、シェリルの『白神蛇《しろかがち》』は受けきることが出来なかっただろう。

だがアルマはこうして決勝戦へと駒《こま》を進め、私の前に立ってみせた。

彼女もまだ、成長し続けているのだ。それがなんとも――いや、正直に言おう。

嬉しくてたまらない。

「顔、にやけてるよ？」

「なに、シェリルやアルマの思わぬ成長が嬉しくてな……っと、今のは誰《だれ》にも聞かれていないな？」

シェリルは寝ているし、レティスはカドマス達に呼ばれたと席を外している。

アルマはもう少しで戻《もど》ってくるだろうが、声自体は小さなものだった。この部屋にいない限りは大丈夫《だいじょうぶ》だろう。

そこから、暫《しば》しの沈黙が流れる。

だがやがてドアが開くと、ソーニャはそちらの方へと視線を向ける。

「おかえりなさい。いよいよ決勝戦ですね」

視線の先にいたのは、やはりアルマであった。

静かに解放した魔力が、青い髪《かみ》を棚引《たなび》かせている。

……ふむ、成程。やる気は十分といったところのようだな。

いいぞ、それでこそ我が娘だ。今やアルマに油断はあるまい。

相手が教え子だろうと全力を尽《つ》くす。そうであってもらわねば、困るというもの。

「ええ、予想以上に困難な道程でしたが、ようやくここまで来ることが出来ました。

――スラヴァ」

「……くく、何でしょう」

そんな様子に、私も笑みを抑《おさ》えられない。最高ではないか。

師匠《せんせい》、師匠《せんせい》とずっと私の後ろをついてきた愛弟子《まなでし》が、私が本当は誰とも知らず全力をぶつけてきてくれるのだから。

「決勝戦、楽しみにしている」

「ええ、私もです」

「もしも私が勝てたら――気になっていること、全て話してもらうぞ」

「元よりそのつもりです」

「そうか。……では、あとで。これから十分ほど、休憩《きゅうけい》が入るみたいだ。お前もしっかりと身体《からだ》を休めておけ」

前世では見たことがない、アルマの挑戦《ちょうせん》的な微笑《ほほえ》み。

それだけを伝えに来たのか、いうなりアルマは背を向け、控《ひか》え室を出て行った。

「これより選手同士の公平を期するため、十五分の休憩を取らせて頂きます！

決勝戦をお待ちの皆様《みなさま》は、良き勝負のためにも何卒《なにとぞ》ご理解をいただけますようお願い致《いた》します！」

……と、アルマが出て行くなり、控え室――恐《おそ》らくはコロッセオ中――に聞き慣れた声が響《ひび》き渡る。

あのアルマの様子では今にでも戦えそうだったが、少しでも万全《ばんぜん》の状態に近づけてくれるのならば、願ったり叶《かな》ったりだ。

……ふむ、十五分か。

私の方も少し歩いてくるかな。

「シェリル、シェリルや」

「ん……」

悪いとは思ったが膝で寝ているシェリルに呼びかけ、揺《ゆ》り動かす。

長い髪をゆっくりと持ち上げながら、シェリルは人差し指で眼をこすり始めた。

「起こしてすまんな。ちとその辺を歩いてくるから、続きはソーニャの方でやってくれ」

「うー……わかったー……ソーニャ」

「はいはい。おいでー、シェリルちゃん」

「スラヴァくんの試合になったら、起こして……？」

まだ眠気《ねむけ》はとれていないようで、シェリルは私とは逆の方向に倒《たお》れこむと、頼《たの》み事だけしてまた寝息《ねいき》を立て始めた。アルマとの戦いはよほど全力を尽くしたのだろう。

……さて、では私は動くとしよう。

「スラヴァ君」

「うん？　どうしたかね」

「頑張《がんば》ってね。私達の仇《かたき》、取ってよね」

「くっくっく、ああ分かった。善処しよう」

出掛《でが》けにソーニャから言葉を残され、私はそのままコロッセオの外へと歩いて行った。

高くそびえる円形の建物を見上げ、一飛びで上へと登る。

……こうすると、街がよく見えるな。雄大《ゆうだい》で立派なこの街も、あの子が守ったからこそあるものと思えば、なんとも感慨《かんがい》深い。

続いて、私は視線の向きを変え、コロッセオの中を覗《のぞ》いた。

……今日、ここで私は娘と手を合わせることになるのか。それもまた感慨深い。

何もかも、この一瞬毎《いっしゅんごと》が愛《いと》おしく思えるのは――年をとった証拠《しょうこ》かもしれんな。

どれだけそうしていただろうか。観客席に慌《あわ》ただしい動きが生まれ始め――試合開始の時刻が迫《せま》った頃《ころ》のことだから、もう十分ほどは経《た》ったのか？

「なァーにガキがジジ臭《くせ》え顔してんだい。生意気な」

風に笑みを晒《さら》していると、背後から聞き覚えのある声が響く。

どうやら手紙は無事に手元に渡ったようだ。

私は、そちらを向かず、背から声をかける。

「そうはいうがな。これでも私は人間では紛《まご》うことなきジジイなのだぞ。お前達の常識でガキといわれるのは心外だ」

「けッ。今はてめェも立派なエルフじゃァねーか」

「それもそうだ」

多くを語らず、私達は小さく笑い合う。

鼻を鳴らす音は風が攫《さら》っていったが、長い付き合いだ。お互《たが》いがどんな顔をしているかは、わかりきっているだろう。

……などと思っていると、舞台《ぶたい》にアルマが出てきた。いかん、もうそんな時間か。

気づけば実況《じっきょう》のあの独特の声が私を呼んでいる。そろそろ行かねばな。

「行ってきな」

「おうとも」

友の言葉を背に、私は天高いコロッセオの上部から脚《あし》を踏《ふ》み出した。

風が身体を抱《だ》き、熱した身体を冷ましていく。だが、芯《しん》が冷めないのではまた熱くなってしまいそうだ。

地に引かれ、戦いに惹《ひ》かれ。私はコロッセオの舞台を揺るがし、降り立つ。

「お待たせいたしました。スラヴァ＝マーシャル、ここに」

衝撃《しょうげき》を吸収するため屈《かが》めた胴体《どうたい》をゆっくりと起こし、正面からアルマを見据《みす》える。

アルマの顔は驚《おどろ》きを浮かべたが——すぐに笑みへと変わった。

「こ……これはド派手な登場です！　西門・スラヴァ＝マーシャル選手！　ただいま見参ッ!!」

やはり少しはしゃぎすぎたかと実況の声で冷静になるが、こんな大会の決勝戦だ、少しくらいは盛り上げなければ罰《ばち》が当たろ？

……アルマと相対するのは久々だ。

学園に通っていた時代も何度か指導を受けることはあったが、あんなものは手合わせとは呼べない。

実の娘《むすめ》とさえ、勝負は勝ち負けや、何かを賭《か》けている方が燃えるというものだ。

今は歳が近づいてしまった娘――というと違和《いわ》感がすごいが。

私が眠《ねむ》りこけている間、この子は何を学び、磨《みが》いてきたのだろうか。

「天才少年！　バーサス、エルフ武術の源流英雄《えいゆう》アルマの戦いがいま始まります！　ミラフィア大武術大会決勝戦が熾烈《しれつ》に！　鮮烈《せんれつ》に！　ここで始まるのですッ！」

それは今から、分かることだ。

審判《しんぱん》の指示も待たず、私達は同時に『シジマ流』を構えた。

型は――同じ、流水。

「お互い準備は万端《ばんたん》のようです！　それではここに宣言いたしましょう！　ミラフィア大武術大会決勝戦！　試合開始ィィィッ！」

実況の声を幕開けに、私は口角を笑みに染め上げた。

第二十三話　示す

『流水』を見せ合うシジマ流の者達。試合開始前から予想出来ていたことだが、私達の精神状態に反し、試合の立ち上がりはやはり静かなものだった。

今回ばかりは私も奇策《きさく》を打つつもりはない。正々堂々――というとおかしいが、この一戦では私の持てるものを、持てるがままに扱《あつか》うつもりだ。

対するアルマがどうするつもりかは分からないが、ここに至るまで私はさんざん奇策を見せてきた。それ以上に奇抜《きばつ》なものというと、真面目《まじめ》なアルマには中々考えつくまい。この試合は、古きシジマ流然としたものになりそうだ。

……いや、あるいはそれすらも私の油断だろうか？

私にある長い空白の間、もしもアルマが奇抜な手を身につけていたら――興味は尽きん。

しかしよくもまあ、ここまで練り上げたものだ。

アルマにとってここまでの年月は、頼《たよ》れる師もおらず、ひたすら己《おのれ》の考える理想を追い続ける苦節であったはず。

だというのに、私の目の前にいるのは確実に完成へと近づいた、過去とは別人のような武術家であった。

故《ゆえ》にその構えは最早《もはや》乱れもなく——美しさすら感じさせるものとなっていた。

「……その構え」

出方を窺《うかが》うと共につい感極《きわ》まっていると、アルマが静かに口を開いた。

警戒《けいかい》を続けつつも、意識を傾《かたむ》けるとアルマは続ける。

「やはり、何度見ても美しいな。……私の師匠《せんせい》とそっくりの、無駄《むだ》がない完成された構えだ」

核心《かくしん》をつくような評価に、心臓が強く跳《は》ねる。だがそれも一度きり。

この試合で正体を見破られたとしても仕方がないとさえ思っているのだ、在学中にはより危《あや》うい場面もあったことだし、最早これくらいでは驚かない。

「エルフの英雄《えいゆう》にそういっていただけるとは光栄です」

「茶化すな。お前にそういわれると、むず痒《がゆ》い」

ずっと表情に緊張《きんちょう》を保っていたアルマは、初めて柔《やわ》らかく笑う。

……確かに、礼儀《れいぎ》こそ尽《つ》くしてきたものの、私がアルマへ向ける態度は尊敬とはかけ離《はな》れていたからな。

今更《いまさら》そんな事をいわれても白々しいと感じるだけだろう。
まあそれもそうだ。
今生《こんじょう》で私はこの娘《むすめ》に対し、嘘《うそ》をつきすぎてきた。
私とて娘は可愛く思う。それゆえに十年経《た》てば……と約束はした。未《いま》だ半分すら経って
いないが——親としては、そろそろ真実を語ってやるべきだろう。
ただし、私はひどく口下手《べた》だ。
真実《それ》を語るのは、まずは拳《こぶし》を通してからだ。
「では始めましょう。お互い——悔《く》いの残らぬように」
「ああ、そうだな……では、シジマ流師範《しはん》アルマ＝シジマ——参る！」
構えはそのままに、笑みを浮《う》かべたアルマが魔力《まりょく》を解放する。
ソーニャに使ったものとは違《ちが》う、無色の魔力だ。飽《あ》くまでもタリスベルグを打《う》ち倒《たお》した
『英雄アルマ』として相対するということなのだろう。面白い！
「シジマ流、スラヴァ＝マーシャル。いざ」
師と弟子《でし》だというのに、現在の立場は逆。知り合いだというのに名乗り合う。親子だと
いうのに拳を向ける。
その全てがちぐはぐな事に——しかし、それ以上に成長した娘を前に、私は笑みを隠《かく》し

きれなかった。

今まで放っておいて悪かった。

さあ……全てをぶつけてくるがいい！

目に力を入れた瞬間《しゅんかん》、アルマが駆《か》け出してくる。

僅《わず》かに心が乱れたのは事実だが――それは心の震《ふる》えと見て貰《もら》いたいところだな！

一瞬で私を間合いに収めたアルマが、完全なタイミングで拳を放ってくる。

この程度は出来てもらわないと困るが――しかし甘い。その奥にあるものが透《す》けて見えるぞ。

私の顎《あご》を狙《ねら》うアルマの拳打。しかし、それは真の狙いではない。顎の直前で手が止まり、逆の右手が水月《すいげつ》へ向かって走る。

いきなりのフェイントか。成程、アルマの奴《やつ》も自分なりに奇手《きしゅ》を磨いていたようだ。

だがまだまだ。私を化かすにはまだ人の悪さが足りん。

顎への一撃《いちげき》に私が無反応だったことでアルマは顔を顰《しか》めつつも、本命の水月への打撃《だげき》を敢行《かんこう》する。

そのまま顎を打ち抜《ぬ》く――という判断をもう少し早くできれば、その一撃も無視はできないものになっただろう。

しかしアルマは掌打《しょうだ》を止めてしまった。ここからならば顎への一撃は何を打たれても対処ができるだろう。水月への一撃はそうした上での雨天決行であったのだろうが——

やはり青い。努力は感じさせてくれるがそれまでだ。

鳩尾《みぞおち》へと的確に迫るアルマの拳を、私は掌と手首の動きで絡《から》めとった。

我が師をして『蜘蛛《くも》のような奴だ』といわしめた『捕り』の技術は伊達《だて》ではない。

とはいっても、この程度の隙《すき》は本来『捕《と》る』ほどのものではない。それでも私がそれを仕掛《しか》けたのは、アルマへの挑戦《ちょうせん》にほかならない。

「っ……お前……」

アルマが私の意図に気づくのは早かった。

どちらが力を操《あやつ》るのが上手《うま》いか、勝負をしよう。言外に語られる意思を感じ取ったアルマは、よくもという顔をしつつも自らを律する。

ここで力みを入れてはそれ即《すなわ》ち勝負の放棄《ほうき》と同じ。

力を操らせまいと、機会を探る様はなんとも愛らしい。

だが少し餌《えさ》をちらつかされるとつい食いついてしまう悪癖《あくへき》は、変わらんな。

私が腕《うで》に力を込めると、アルマは即座《そくざ》にそれを操りにかかる。

より多くの力を引き出し、自分の力を加え、操るために。そうして私の体勢を崩《くず》そうとしたのだろうが、未熟。

「──ッ！」

一で十を操る流石《さすが》のシジマ流も、零《ぜろ》で一を操ることは出来ない。

相手の力を操るにも、ごく僅かな力がいるのだ。小さな魚で大きな魚を釣《つ》り上げるように──私はアルマの身体《からだ》を振《ふ》り回した。

そして、脚を突《つ》き出す。

走らされたアルマの身体が宙に舞《ま》うと、私はすかさず彼女の顔へと手を叩《たた》きつける。

シジマ流『映し木の葉』。宙に投げ出した無防備な身体を、頭から叩きつける。シジマ流が基本にして奥義《おうぎ》ともいえる技だ。

──これはかつて、この小さな身体でアルマに見せた技だ。

このまま石畳《いしだたみ》に叩きつければ、重傷とはいわぬまでも容易に意識を押し出す事は可能だろう。

地が引く力に従い、身体が沈《しず》む──その瞬間、アルマは私の身体を軽く蹴《け》って回転の支配を脱出《だっしゅつ》した。

「はぁっ……はっ……！」

息を荒《あら》らげ、睨《にら》むように私を見つめるアルマ。

……いやはや、もしやとは思ったが本当に技を抜けてくるとは。

これで勝負が決まってしまったかと思ったのだがなあ。それはアルマの方も同じ思いだったようだ。

「ほ、んとに……！　どこで、それほどまで……！」

震える肩《かた》を抱《だ》きながら、アルマは酷《ひど》い焦《あせ》りを口に出す。

かつてこの技を見せた時には私にかつての私を重ね、泣き出していたな。

今再びこの技を見せるのはさて、何年ぶりか。涙《なみだ》を浮かべていないところを見ると、少しは成長したのだろうか？

だが生憎《あいにく》、まだ全ては語ってやれん。影《かげ》を見つけられるものならば見つけてみろ。

そう語る代わりに、私は構え直した。

……しかし、今のアルマがそれを受け止めるには重かったのかもしれない。

敵である私が構え直しているにも拘《かか》わらず、アルマは未だに肩を抱いているからだ。

瞳《ひとみ》こそ私を見つめているが、その視線も定まらない。

「ありえない、ありえ、ないんだ……だって、せんせいは……」

ついにアルマは、渦巻《うずま》く思いを溢《あふ》れさせた。

この問題は、思った以上に根が深かったのかもしれない。

思えばそうだ。この子は一度完全な状態で行った私の『映し木の葉』を見ている。

チェスターでさえ、手を抜いた構えを見ただけで気付いたというのに――誰《だれ》よりもスラヴァ＝シジマを見てきた彼女が、何故《なぜ》私の正体に気が付かないのか。

「違う……！　ちがう、はずなのに……っ」

否定を繰《く》り返すアルマは、見ていて痛々しい。

私が彼女をここまでさせてしまったのか？　……だが、人の死とは悲しみを乗り越《こ》えてゆくもの。しっかり者の彼女がここまでになるとは――

その姿に、私までも困惑《こんわく》を感じてしまう。

ただならぬ『英雄』の様子に、観客席がざわつき始めたその時だった。

りぃん、と。

澄《す》んだ音が私の耳を揺《ゆ》らす。音の発生源は――ポケットの、鈴《すず》。

「ちっ……まさか、こんな時に――!?」

思わず腰《こし》のあたりに視線をやる――が、私は顔の動きを中断し、直後に上を見上げた。

何かが来る！　予感した次の瞬間には、舞台《ぶたい》に土煙《つちけむり》が巻き起こる。

今までにこの大会で感じたものとはどれとも違う魔力が、土煙と共に舞台の中心から吹《ふ》き荒《あ》れてくる。

むせ返るほどに邪悪《じゃあく》で強烈《きょうれつ》な魔力だ。

——その内のひとつに、私は覚えがあるッ！

「ようスラヴァ殿《どの》。壮健《そうけん》なようで何よりだ」

全てを見下すような声が、煙の中から腹に響《ひび》いてくる。

聞き覚えのある声をそのままに、生物としての種のみを変えたような、違和《いわ》感の塊《かたまり》。

煙の中から紅《あか》い爪《つめ》を宿した手が突き出されると、無造作にその腕が振るわれる。

単純な動作だというのに、吹き荒れる魔力は嵐《あらし》のよう。昏《くら》い魔力が土煙を吹き飛ばすと
——中から現れたのは、フードに身を包んだ、三人の男達。

その中の一人はかつてこのアルファレイアで手を合わせた、ゼツロ＝ヴァルツァーであった。

「ゼツロ……！」

「嬉《うれ》しいねえ。まだその名で呼んでくれるのか。と、焦るな焦るな、やり合う気はない。今日は別件さ」

紅《くれない》に染まった凶眼《きょうがん》を光らせ、ゼツロが笑う。

厄介《やっかい》な時に厄介な奴が……！　タリスベルグの反応というのは、此奴《こやつ》のことか！

やり合う気はない、とはいうが、信用できるはずがない。かつて戦った時よりもよりタ

リスベルグに近づいて復活した男を前に、私は魔力を全開にした。

犬歯《けんし》をむき出しに、瞬時《しゅんじ》に戦闘《せんとう》態勢を整えた私だが、根本的に無視できないことがあったことを思い出す。

ゼツロと共に現れた『男達』はゼツロを除いてもあと二人いるのだ。

もしや、この男達もタリスベルグなのか……と。そこまで考えたところで、男達のうち一人が顔を隠すフードを取り払《はら》う。

「な――！　お前は――！」

そこにあったのは、見慣れぬ、しかし見覚えのある顔。

「グラディス！　何故お前がそこにいる⁉」

先ほど手を合わせたばかりのグラディス＝ボガートが、あの気力を感じさせぬ顔で立っていた。

何も答えぬグラディスだが――ゼツロが肩に手を置くと、心底嫌《いや》そうに顔を顰める。

「なあに、スラヴァ殿との先ほどの戦い、アレでは互《たが》いに不完全燃焼だと思ってな。気を利《き》かせて再戦の機会をくれてやったのさ」

仲間……というとあまりにも違和感を覚えるゼツロ達の距離《きょり》感《かん》に、私は困惑する。

あまり良くない状況《じょうきょう》であることだけは伝わってくる。

どうやら、そんな時に限って、私の頭はよく回るようだ。

ゼツロとグラディスにどんな関係が？　一瞬思い浮《う》かべただけの疑問に、答えにも似たある少女の警告が思い起こされる。

鳴《な》り響く鈴が伝えようとしていたものは――孵《ふ》化《か》寸前の血晶《けっしょう》。

グラディスの顔、君は間《ま》違《ちが》えるなという言葉が芋《いも》づる式に引き出されていく。

絡まる思考が引きずり出した答えを肯定《こうてい》するように、ゼツロは懐《ふところ》から、紅い血晶を取り出した。

今まで見た何よりも禍々《まがまが》しく、赤黒い霧《きり》――闇《やみ》を垂れ流す『昏《くら》い色の血晶』を！

「っやめろ――！」

思わず叫《さけ》ぶも、グラディスは顰めた顔のままそれを受け取った。

妨害《ぼうがい》しようにも、此方《こちら》を警戒《けいかい》するゼツロともう一人の男がそれをさせてくれない。

血晶を口の前に持っていったグラディスが――恐《おそ》らくは私に向けて――呟《つぶや》いた。

「才が、欲しかった。俺は間違えた。学ぶものを、歩む道を。そして今からするのは――たぶん、五百年の人生の中で、最大の間違いなのだろうな」

まるで遺言《ゆいごん》のようにそういうと――グラディスは、血晶を飲み下した。

第二十四話　紅蓮騎士《ぐれんきし》

「お、おおおおおおおああああああッ！」

　血晶を飲み込んだグラディスが、大きく身体《からだ》を曲げる。

　頭を押さえる手は筋肉が膨《ふく》らんでいることから相当な力が込められていることが分かり、呻《うめ》く声は獣《けもの》が上げる雄叫《おたけ》びとよく似ていた。

　恐らくは今、想像を絶する苦痛がグラディスを襲《おそ》っているのだろう。

　人を辞《や》めるというのは、そういうことなのかもしれない。どうしようもなさから、嚙《か》みしめる歯の奥で、そんなことを思う。

　三人の男達——恐らくは全員が人ではない——の奥に見えるアルマは、事態に理解が追い付いていないようだった。激しい混乱の中、更《さら》に想定外のことが起きたのだ、無理もない。

　この世のものとは思えぬ苦悶《くもん》の声を上げるグラディスの横で、ゼツロが眼を細めて笑う。

「くつくつ、始まったか。随分《ずいぶん》と色々なモノを溜《た》め込んでいたのだろうな。お前的にはどうだ？　これは」

グラディスの異様な仕草を見て楽しむように、ゼツロは何者かに語りかける。

その声の行く先は私でもアルマでもない。声はグラディスを挟《はさ》んだ位置にいるもう一人の男へと向けられている。

……そうだ。あまりの事に冷静さを欠いていたが、乱入者はもう一人いるのだった。

咄嗟《とっさ》に睨《にら》みつけると、顔を隠《かく》したままの男は影から声を放る。

「見れば分かるだろう、失敗だ。恐らく自我は残るまい」

「失敗だと……!?　突然《とつぜん》現れて、お前達は何をいっている――！」

その声に反応をしたのは、男達へ強い敵意を向けるアルマだ。

私の疑問を代弁するかのようなアルマの声には、殺気にも近い怒気《どき》が混じっている。

アルマがここまで怒《おこ》るのは珍《めずら》しい……いや、初めて見るかもしれない。だがすぐに飛びかかっていかないのは良かった。怒《いか》りながらも、判断は冷静だ。

射殺《いころ》すような視線と声に、フードを被《かぶ》った男はアルマの方へと向き直る。

そしてフードを取り払うと――アルマの顔が驚愕《きょうがく》に支配された。

「馬鹿《ばか》な……お前は……ッ！」

「……俺を覚えていたか、久しいな。……だが、今はお前達の事はどうでもよい」

私の位置からでは、男の顔は見えない。だが久しいということは、アルマと何らかの関係があるのだろう。

だが私の方も今はそれどころではない。ゼツロが此方《こちら》へ、凄《すさ》まじい殺気を叩《たた》きつけて来るからだ。

今にも飛びかかってきそうな紅い瞳に、片時も気を抜《ぬ》けない。

しかし――

「ゼツロ！」

顔の見えぬ男が名を呼ぶと、ゼツロは殺気を収めた。

一つため息を吐《は》き出し、肩を竦《すく》める。

「わかった、わかったとも。そういうわけでスラヴァ殿。その内また見《まみ》えよう。……死ぬのだけは、御免《ごめん》なのでな。お前もこんな所で死ぬんじゃあないぞ」

呆《あき》れた顔から、私に対してほんの一瞬《いっしゅん》だけ殺気を放ったゼツロが背を向ける。

そのままゼツロはコロッセオの頂上部まで飛び上がり、追えぬ距離《きょり》まで移動していた。

前に手を合わせた時よりも、魔力《まりょく》が強くなっている。それは修行によるものか、よりタリスベルグに近づいた故《ゆえ》か。……恐らくは後者なのだろうな。

去ったゼツロを見届けると、もう一人の男もその後を追おうとする。

「待て！」

反射的に、私はその背に叫んでいた。

男の動きが止まるが、此方へ顔を向ける素振《そぶ》りはない。

その余裕《よゆう》に苛立《いらだ》ちを感じつつも、私は続く疑問を叫ぶように浴びせた。

「貴様達は……いや、貴様は一体何者だ？　何の目的があってこんな事をする！」

「目的、か」

問いかけに対し、男は手を顎《あご》に沿わせて考えるような素振りを見せる。

数秒ほど考え、男は深い沼《ぬま》のような声を空に這《は》わせた。

「そんなものは昔から変わらん。強さの獲得《かくとく》。一点のみ」

「……！」

聞き覚えのない声で紡《つむ》がれる男の言葉に、私は強烈な既視感《きしかん》を覚えた。

だが問い詰《つ》める間もなく、私が眼を見開くと、次の瞬間には男はもう消えていた。

どこでどう会ったかはわからぬが、彼奴《あやつ》と私は既《すで》に会ったことがある。そんな確信を残したまま、しかし何もわからぬまま男が去っていったことに手を握《にぎ》りこむ。

考えるのは苦手だというに、次から次へと……！

だが今はグラディスの処理が先だ！

「ぐうおあああぁぁぁッッ！」

先ほどよりも大きな声で叫びながら、なおも頭を抱《かか》え続けるグラディス。

……処理とはいっても、こうなった状態の者を救う手立てなど、知るわけもない。

気は乗らぬが変化が終わる前に――人であるうちに殺す！

無理やり変えた意識で腕《うで》に魔力を込め、駆《か》け出す。明確な殺気を感じ取ったか、アルマが私を制止するために叫ぶが、最早《もはや》なんといわれたかを考える暇《ひま》もない。

『試製桜花《しせいおうか》』を発動し限界を超《こ》えた魔力が腕に満ちる。

一撃《いちげき》必殺の意志を持って狙《ねら》うは、こめかみだ。いかにゼツロのような生命力を持つ化け物が相手だとしても、頭を破壊《はかい》すれば流石《さすが》に動くことは出来まい。

脳を守る頭蓋骨《ずがいこつ》は人が持つ骨の中でも屈指《くっし》の頑丈《がんじょう》さを誇《ほこ》るが、こめかみの部分だけはひどく薄《うす》い。

確実に殺す必要がある故に、必殺を求めた拳《こぶし》。

無防備で蹲《うずくま》る者へ振《ふ》り下ろすべきではない拳がグラディスへと走り――

生々しさを伴《ともな》った、破砕《はさい》音を響かせた。

「――ッ！」

ただし砕《くだ》けたのは、私の拳の方。

グラディスのこめかみ——いや、頭部は。

外殻《がいかく》を持つ生物のように、血晶で覆《おお》われていた。

「スラヴァっ！」

私の潰《つぶ》れた拳を見てアルマが叫ぶ。

痛みに歯を擦《す》り潰しつつ、私は瞬時に試製桜花《しせいおうか》を解除してアルマの方へと跳《は》ねた。

「その拳、大丈夫《だいじょうぶ》なのか⁉」

「問題はありませぬ。今の内に集中すれば、すぐに使えるようになりましょう」

全力で拳へと集《つど》わせた治癒《ちゆ》の魔術《まじゅつ》で、潰れた拳はもう形だけは元通りとなっていた。まともに使うにはもう少し時間が掛《か》かるが、深刻というほどのダメージではない。

……予想外だ。まさかこんなことになるとは——

眼前で変化していくグラディスの姿に、私達は言葉を発することも出来ない。

グラディス……いや、そこに居るのはもうグラディスとは呼べぬ存在なのだろう。

屈強《くっきょう》で幅広《はばびろ》な身体は隙間《すきま》なく血晶で覆われ、その姿はまるで血に染まった騎士のよう。眼を除けば人とは変わらぬゼツロとは違《ちが》い、血晶を飲み込んだグラディスは既に人とは呼べぬ何かに変わり果てていた。

「お前は、アレを知っているのか？　私にも、説明してくれ。何が何だか分からないんだ」

隣《となり》に並び立つアルマが、視線を動かさぬまま、呟くように語りかけてくる。

そうか、人型のタリスベルグを見るのは、初めてか。

拳を振るい感覚を確かめ、私は構えを作る。

「簡単に説明すればタリスベルグです。先ほど飲み込んだ血晶が作用し、人ならざる者へと変化したようです」

「……ッ！　人型のタリスベルグだと……⁉　何故《なぜ》お前がそれを知っているかは気になるが——どうすればいいか分かるか？」

「殺す以外ないでしょうな」

「やはり……か。くそっ！　先ほどからどうなっているんだ……！」

アルマが吐き出した悪態は、私の胸中にあるものと同じ言葉であった。

……ただ、彼女の理解できない点には、私も入っているのだろうなとふと思う。

嘆《なげ》くように頭を抱え、身を反《そ》らすグラディスはもう声を発してはいなかった。

明確に一つ、人である証《あかし》が奪《うば》われた様で痛ましく思うが——私の思いとは裏腹に、血晶の怪異《かいい》は完成を迎《むか》える。

頭を抱えていた手を降ろし、糸の切れた操り人形の様に頭を、両手を垂らすグラディス。

人でいう眼の部分に昏《くら》い光が灯《とも》ると、再び上体を反らし、拳を握りしめてタリスベルグが叫《さけ》ぶ。

「エエエエエエエエッ！」

喉《のど》を潰された者がそれでも声を張り上げようとしたような、甲高《かんだか》い音。

生物と呼ぶことすら憚《はばか》るナニカが、誕生した瞬間であった。

「……凄まじい、魔力だ……っ！」

怒りを体現するようにタリスベルグから吹《ふ》き荒《あ》れる魔力に、腕で風を防ぐ。

魔力でいえばあの時のゼツロ以上か……!?

お世辞にも、グラディスの実力が人間のゼツロ以上であったとは考え難《にく》い。であれば、この力はあの闇《やみ》を垂れ流す異様な血晶に依《よ》るものなのだろうか。

力の正体に考えを巡《めぐ》らせる私だが、推理をしている時間はない。

魔力を収めたタリスベルグが辺りを見回し、私達の姿を捉《とら》える。

その瞬間、私は反射的に叫んでいた。

「……ち、来るぞ！」

自らの声を合図に、アルマと反対の方向へ飛び退《の》く。

アルマも意図を察していたようで、私とは逆の方向へと飛んで難を逃《のが》れる。

そのまま血晶の拳が石畳《いしだたみ》の舞台《ぶたい》へと振り下ろされる。すると火の大魔法《まほう》を炸裂《さくれつ》させたような音が響《ひび》き――石畳を粉々に砕いた。

凄まじい威力《いりょく》だ……！　何の溜めも無しにこれほどの威力――やはり単純な破壊力だけならば、ゼツロよりも上か！

爆風《ばくふう》に煽《あお》られるも、私とアルマはなんとか地面へと着地する。

地面へ埋《う》まった手を引き抜いたタリスベルグの瞳《ひとみ》が、私の方を向く。そこにグラディスの面影《おもかげ》は見つからない。見つからないが――僅《わず》かにグラディスであった時の記《き》憶《おく》が残っているのか、表情のない兜《かぶと》に光る目は、挑戦《ちょうせん》的である気がした。

彼もまた、何かしらの感情を私に持っているのだろうか。

だとするならば、グラディスの弔《とむら》い合戦《がっせん》といきたいところだが――

タリスベルグに警戒《けいかい》を保ちつつ、その背後に見える観客席へと僅かに視線を送る。

ざわつく声からも感じてとれる事だが、理解の追いつかない展開にパニックを起こしているようだ。

……ソーニャやシェリルはどうしているだろうか。鈴《すず》が鳴ってセニカの場所に行っているのかもしれんな。だとすればモニカのことも少しは安心できるのだが。

なんにせよ、安全の確保のためなるべく早く決着を付ける必要がありそうだ。

できることならばこの手で葬《ほうむ》ってやりたいが、ここはアルマと協力して少しでも早く打《う》ち倒《たお》すのが良策だろう。

視線でアルマに協力を要請《ようせい》すると、タリスベルグの背後にいるアルマが頷《うなず》く。

タリスベルグのあの硬《かた》さを見れば『勁《けい》』や私ならば『天元一ツ《てんげんひと》』が有効だろう。

アルマもその事に気付いているといいが。

呼吸を合わせ、私とアルマは同時にタリスベルグへと飛びかかろうとする――が、タリスベルグはそれよりも早く行動に移る。

「エエエエエッ！」

声にならぬ叫びをあげ、タリスベルグが身を屈《かが》める。

隙《すき》にも見える行動だが、敵は完全なる未知数。私とアルマが様子見に入るのは半ば必然のことだ。しかし、その選択《せんたく》が間違《まちが》いであると知るのにそう時間はかからなかった。

かつてナトゥーシャで相対したタリスベルグの様に――便宜《べんぎ》上そう呼ぶが――グラディスの背には、サメのヒレを思わせる位置から縦に、三つの血晶が連なって生えていた。

叫ぶと同時に身を屈めたグラディスの背から、血晶が射出される。

だが、その血晶は空へと飛び上がり、私達とは見当違いの方向へと飛んで行った。

その行動の意図を探す私だが、答えは考えるひまもなく、想定すらしていなかった最悪みを示される。

観客席の方へと突《つ》き刺《さ》さった血晶が激しく発光し、黒い皮膚《ひふ》を持つ不気味な化け物が生み出されたのだ。

「なんっ――!?」

常識を超《こ》えた光景に、思わず声が漏《も》れる。

「馬鹿《ばか》な――！　タリスベルグがタリスベルグを生み出したというのか!?」

私よりも早く状況《じょうきょう》を叫んだのはアルマであった。

これでは人々の間に被《ひ》害《がい》が出る――！　あってはならぬ展開に、一瞬《いっしゅん》だけ思考がかき乱される。

グラディスは、私に生まれた僅かな隙を見逃さなかった。

軽く地面を蹴《け》ったグラディスが私に肉薄《にくはく》する。鋭《するど》い血晶の爪《つめ》を束ね、繰《く》り出すは突き。

防御《ぼうぎょ》は論外、ならば流すしかない！

「ちっ――！」

一瞬だけ遅《おく》らされた反応が、私の身体を縛《しば》る。

だが、この程度の速度ならばまだなんとかなる。私はなんとか身を反らし、グラディスの爪を避《よ》けた。

かすった脇腹《わきばら》に切り傷が走るが、問題は無い。……が、反撃《はんげき》までは出来ないのがもどかしい。グラディスが攻撃《こうげき》動作を終了《しゅうりょう》させてしまった以上、私に放てる反撃は打撃《だげき》のみ。あの常識はずれの防御力の前では、此方《こちら》が傷つくだけだろう。

経験による判断から、私は後方への跳躍《ちょうやく》で距離《きょり》を取った。

……追撃《ついげき》してくる気配は見せない。自我は無くとも、ゼツロよりは慎重《しんちょう》なようだ。

くそ、しかし厄介《やっかい》だ。

こうしていては生み出されたタリスベルグにより観客に被害が出てしまう。

さっさと此奴《こやつ》を片付けるか、それとも——！

葛藤《かっとう》の中、私は視界に映るアルマの姿を見て思考を止めた。いや、思考を続ける必要がなくなったというべきだろう。

そうだ、小型のタリスベルグはアルマに任せ、私はここでグラディスと戦えばよいのだ。

今は被害が広がる前に小型のタリスベルグを倒す事こそが優先事項《じこう》だ。観客席の方には奴もいるだろうし、今のシェリルをソーニャがサポートすれば、あの分体のタリスベルグならば何とかなりそうだ。

思いついた妙案《みょうあん》を声に乗せてアルマへと届けようとする。

だが、その時には再びグラディスが向かってきていた。

ええい邪魔《じゃま》をする――！　しかし今の私に油断は無い。動きを見極《みきわ》めんと目を凝《こ》らす――と、グラディスはその突進《とっしん》を九十度横へと向けた。

アルマの蹴りにより、弾《はじ》き飛ばされたのだ。

硬いグラディスの血晶体を蹴った事で、痛みに顔を顰《しか》めるアルマだが――表情はそのままに、構わず叫ぶ。

「スラヴァ！　小型のタリスベルグを頼《たの》む！　ここは、私が食い止める！」

「な――！」

それは、私がいおうとしていた言葉であった。

またも先取りされた事で妙《みょう》な気分になるが、今はそれどころではない。

「無茶だ！　それに、この際だからいうが貴方《あなた》よりも私の方が――」

感情に任せ、私は思うがままの言葉を紡《つむ》いでしまう。

しかし――アルマは、それを遮《さえぎ》った。

「そんな事はわかっている、だから頼むんだ。……私よりも、お前のほうが早く奴等《やつら》を片付けられるだろう。その方が被害もずっと少なく済むはずだ。……それに、私は、お前の先生なんだぞ？　教え子により危険な方を任せられるか。少なくとも――師匠《せんせい》ならば、そうする」

思わぬ言葉に、私は続けようとしていた言葉を飲み込んだ。

……実力差は把握《はあく》した上、か。

アルマの提案は、確かにと思える理を持っていた。

アルマが行くより、私が行った方が小さいタリスベルグを早く片付ける事ができるだろう。

だが娘《むすめ》をより危険な方に残す事は、出来ない。

「私を……信じてくれ」

ただひとつ——信じろとさえ、いわれなければ。

……手塩にかけた、とはいえん。私は歳をくっても自分のことばかりで、良い親とはいえなかった。

けれど、何よりも彼女のことは信じている。

私には勿体無《もったいな》い、真面目《まじめ》で優しい、良い子だと。約束を違《たが》えるような子ではないと。

「分かりました。ここは任せます。……ですが無理はなさらぬように。すぐに片付けて戻《もど》りますが故」

「わかってる。まだまだお前には聞きたいことがあるからな、死ぬわけにはいかない。お前が戻ってくるまでは時間稼《かせ》ぎに終始するさ」

アルマの言葉を聞き、私はグラディスに背を向けた。

観客席にいるタリスベルグ。その一番近いものへ視線を向けつつ、私は身を屈める。

背後からグラディスが迫《せま》る気配がする――が、再びアルマがそれを跳《は》ね飛ばす。

「行け！」

アルマの声を背に、私は跳躍した。

私がやるべきは、最早《もはや》娘を心配することではない。

一刻も早くタリスベルグを倒して観客の安全を確保し、アルマの救援《きゅうえん》に戻ることだ。

……くそ、知らぬ間に大きくなりおって。だがまだ、アルマ一人ではグラディスの相手をするのは難しいはずだ。

跳躍によって観客席へと降り立った私は、すぐさま駆け出した。

そして目当てのものを見つけ、睨《にら》みつける。

「時間がない――さっさと終わらせてもらうッ！」

黒い表皮を持ち、ところどころに赤い線がはしった不気味な生物。

手足は二本ずつ。人を模した出来損《そこ》ないの様な生物に向け、私は弾《はじ》ける花弁を吹《ふ》き荒《あ》らす！

第二十五話　声

「さて……任されたはいいが、どうしたものかな」

スラヴァを送り出したあと、無表情の兜《かぶと》に明らかな怒《いか》りを浮《う》かべるタリスベルグ——グラディスを前に、アルマは一筋の冷《ひ》や汗《あせ》を流した。

一度のみならず二度までも邪魔《じゃま》をされ、怒《おこ》っているのだろう。グラディスの怒りは完全にアルマへと向いている。お陰《かげ》で、食い止めることは容易だと思った。放っておいてもグラディスが別の場所へ行くことはないだろう。

……ただし、アルマが立っている事ができるうちの話だが。

突如《とつじょ》として生まれた巨凶《きょきょう》、タリスベルグ。刃《は》を通さず、魔法《まほう》をも打ち消す、巨軀《きょく》の怪物《かいぶつ》。

アルマが今目の前にしている人型の怪物は、かつて戦い勝利したどのタリスベルグよりも小さく——強烈《きょうれつ》・凶悪《きょうあく》であった。見た目に惑《まど》わされてはならぬということを、スラヴァによって知るアルマは苦い笑みを浮かべる。

感じる魔力《まりょく》は絶大、表皮の硬《かた》さは鎧《よろい》のような外見通り。まともにダメージを与《あた》える手段はない程の防御力を持ちながら、必殺の破壊力《はかい》を幾《いく》つも持ち合わせる怪物。

　さらに巨大なタリスベルグよりも速く、小回りが利《き》くときたものだ。考えれば考える程出てくる理不尽《りふじん》に、最早《もはや》笑いさえこみ上げてくる。

　だが、アルマはその様な状況でもなお諦《あきら》めずにいた。

　絶望的な状況に変わりはないが、相手が『人型の』タリスベルグであることに、ごく僅《わず》かな希望を見ていたからだ。

　本来、タリスベルグに対しては、シジマ流の技は『波濤《はとう》』しか使えない。

　個体によってまちまちだがタリスベルグの身体《からだ》はそもそもの構造が人間と大きく違う。その上で巨大な身体を持つために、関節を決めたり、投げ飛ばしたりといった『流水』の技が使えないからだ。そうした巨軀のタリスベルグがこの硬度《こうど》の鎧を持っていた場合、それは詰《つ》みとすらいえたかもしれない。

　しかしこのグラディスは違う。そうした巨軀を凝縮《ぎょうしゅく》したかのように高度な魔力を持つ鎧の騎士《きし》は——それ故《ゆえ》に、人間と同じ形を持っていた。

　それは即《すなわ》ち、シジマ流が得意とする土俵で戦えることを意味していた。

　どれだけ相手が凶悪でも、その力を使えば恐《おそ》れるに足《た》りない。師がよくいっていた、そして実践《じっせん》していた言葉を、アルマは思い出していた。

それに、今回アルマの目的はタリスベルグを打《う》ち倒《たお》すことではなかった。

主《おも》な目的は時間稼《かせ》ぎ。スラヴァがタリスベルグを倒し、ここへと戻ってきてくれれば——二人でかかれば、十分に勝機はある。

大切なのは勝つことではなく、護《まも》ること。人々の命を、自分の命を。スラヴァの更《さら》に上の大師匠《だいししょう》、イワオ＝シジマの考えは、彼女にもまた息づいている。

だが——

「……ッ！」

それをするには、彼女と今のグラディスには、大きな差がありすぎた。

地を蹴《け》ったグラディスの、高速の突進に眼を見張るアルマ。

予想以上の速度だが、人生で一番ともいえる集中状態がアルマに紅《あか》い騎士の影《かげ》を見せていた。

未《いま》だ体験したことがない速度の世界で、グラディスの爪《つめ》が束ねられ、槍《やり》のように変わる。

アルマは身を反《そ》らしつつ、手でそれを押し弾《はじ》いた。

流石《さすが》はシジマ流と呼ぶべきか、力で大きく劣《おと》るはずのアルマの手は、山が落ちるが如《ごと》き力を持つグラディスの手を押し出す事に成功する。

まともに受ければ絶命は免《まぬか》れない一撃《いちげき》。それを脇腹《わきばら》を掠《かす》らせるのみで耐《た》えしのいだアルマの手腕《しゅわん》は見事といわざるをえないだろう。

しかしその結果は、スラヴァとの差を明確に示していた。

一瞬《いっしゅん》遅《おく》れた反応から脇腹を掠らせるに至ったスラヴァに対し、アルマの状態は紛《まぎ》れもない万全《ばんぜん》――いや、強敵を前にそれ以上のポテンシャルを発揮していた上でのもの。

だというのに訪れた結果は同じ。その事に気が付かぬアルマではない。

（やはり私では荷が重いか……！）

彼女はもう、手を合わせた相手の実力が見抜《みぬ》けない者ではない。

その成長はアルマにスラヴァとの明確な実力差を提示していた。

……だというのに彼女が少年の正体に気が付けないのは、常軌《じょうき》を逸《いっ》した『スラヴァ』への思いがあるからだが――アルマは気づけない。尤《もっと》も、今はそれさえも気にしている暇《ひま》はないが。

「エエエエエッ！」

一度攻撃《こうげき》を避《よ》けたくらいでは、アルマに安息は訪れない。

今のアルマにはグラディスの攻撃を避けても、そこから反撃《はんげき》や離脱《りだつ》を行うだけの技量が未だ無いからだ。

――彼女の名誉《めいよ》の為《ため》にもいうが、アルマの才能は他に類を見ないほどのものである。

潜在《せんざい》能力であれば、彼女が尊敬していたかつての師を優に超《こ》えるものがあるだろう。

しかし今の彼女がそれを発揮するには、若すぎた。

刺突《しとつ》、打撃《だげき》、体当たり。次から次へと繰《く》り出される致死《ちし》の一撃を、アルマは時には掠らせながらもなんとか躱《かわ》していく。

それでも直撃《ちょくげき》を許さぬこの状況《じょうきょう》は一見翻弄《ほんろう》しているように見えるが、実際には反撃にも出られず、離脱も出来ず。更に一発でも許せばそこで戦闘《せんとう》が終了《しゅうりょう》するという非常に悪質なものだった。

アルマに苦悶《くもん》の表情が浮かぶ。

永遠に続く綱渡《つなわた》り——そんなものに楽しみを見出《みいだ》すのは、彼女の師や、その宿敵くらいのものだろう。

美しき少女が舞《ま》う死の舞踊《ぶよう》。

あどけなさを残しているため、絶世の美女という表現は少し彼女には似合わないが——蒼《あお》い髪《かみ》を揺《ゆ》らす少女が蝶《ちょう》のように舞う様は、紛れもなく美しい。

芸術とも呼べるそれに、神が見とれたか。アルマに突如としてチャンスが訪れた。

「エエエエエエエエッ!!」

怒りに身を任せたグラディスが、今までにない大振《おおぶ》りを繰り出したのだ。

これこそアルマが求めていたもの。動けぬグラディスの腕《うで》を狙《ねら》い、アルマが手を伸《の》ばす。狙いは関節。たとえグラディスがどれだけ硬くとも人の形をしている以上、関節というものは存在する。

シジマ流は、それを意のままに操《あやつ》ることができる武術だ。腕を折れば、苛《か》烈《れつ》な攻撃も衰《おとろ》え、さらなるチャンスが生まれる――

アルマの考えは、この鎧の騎士を相手取るに、最も正答に近いものの一つであった。

彼女の師がこの場に居ても、それは手札の一つとなっただろう。

だがもう一度いおう。

彼女は、若すぎた。

「な……に……!?」

グラディスの腕を捕《と》るという最高のチャンスの中。

アルマが思い浮かべたのは巨大な岩山であった。

……一で十を操るシジマ流も、零《ぜろ》で一は操れない。

エルフの国では未だ有名な概念《がいねん》ではないが――人間の国には、一以下の数字というものも存在する。

アルマの力を数字に例えるのならば、それは零に限りなく近い数字であった。車輪を用《もち》いれば、重い荷物だって小さな力で楽に運ぶことが出来る。けれど結局のところ荷を引くには力がいるし――アルマには、その力が足りなかった。

僅かなチャンスを摑《つか》むことが出来なかったアルマには、もう何も残されていない。

強要された舞《まい》を踊《おど》る、力さえ。

グラディスの拳《こぶし》が振り上げられる。

しまった、と思った時にはもう遅《おそ》い。

「あ……っ！」

紅く染まったグラディスの拳が、アルマの腹部に突《つ》き刺《さ》さる。

幸か不幸か、その拳は研《と》ぎ澄《す》まされた槍ではなく、握《にぎ》りこまれたガントレットのようであった。

束ねた小枝を纏《まと》めて折る様な音を聞きながら、アルマの身体は不要なものを放り捨てたような雑さで宙を舞う。

満足な着地も許されなかったアルマの身体に待ち受けていたのは、落下による更なる衝《しょう》撃《げき》だ。

「〜ッ！　い、うぅ……っ！　がふ……！　う、え……」

折れた骨が内臓へと突き刺さり、器《うつわ》から溢《あふ》れるように口から血が噴《ふ》き出てくる。

戦闘不能は、誰《だれ》の目にも明らかだった。

シジマ流には、治癒《ちゆ》の魔術《まじゅつ》がある。たとえ動けない状態でも、意識が残っているこの状況ならば、アルマは命をとりとめるだろう。

しかし、敵がいる状態ではそれもままならない。

痛みに身体を支配されつつも、アルマは手を引く死神に必死に抵抗《ていこう》していた。

治癒の魔術により内臓に刺さった骨が抜《ぬ》け、穴が塞《ふさ》がっていく。

だが――

歩み寄ってきたグラディスが脚《あし》を振り上げる。

鋭《するど》く束ねられるのではなく、握りこまれた拳には意味があったのだ。

振り上げられた具足の様な脚は振り子のように、必死に治癒を続けるアルマの腹部へ打ち込まれた。

「あがっ！　え、げぇ……っ――」

球蹴り遊びのよう――いや、グラディスにとってはそうなのだろう。

治療《ちりょう》が進みかけた腹部のダメージは、再び致命傷《ちめいしょう》へと巻き戻《もど》される。

今の一撃も、アルマを殺そうと思えば容易に達成できる状況で行われたものだ。……そう、グラディスは溜《た》まった憂《う》さを晴らしているのだ。

アルマが攻撃を避け続けたことに対してか、スラヴァとの戦いを邪魔《じゃま》されたことに対してか、あるいは――理由はわからない。ただ、表情のないこの怪物《かいぶつ》にも、怒《いか》りだけはあるようだった。

「……あ……う」

もはや、アルマには指一本動かす力も残ってはいなかった。

喉《のど》の奥から出るのは言葉ではなく、呼吸を求めて押し出された空気が震《ふる》わせた音のみ。

痛みで飛びそうになる意識をつなぎとめるのが精一杯《せいいっぱい》。今の彼女に残っているのは――死を選ぶ権利だけだ。

今や回復すらもままならず――アルマの視界が、霞《かす》み始める。

最後に思うのは、やはり師の姿であった。

師匠《せんせい》がいるのならば、向こうへ行くのも――

思考さえも言葉にならぬ中、憧《あこが》れた姿と話す自分を思い浮《う》かべ、アルマは虚《うつ》ろな目を閉じようとする。

閉じゆく目に映ったのは、自分を踏《ふ》みつぶそうとするグラディスの姿だった。

自然に死なれるくらいならば、自分の手でとどめを刺そうとしたのだろう。

最後の最後でつらい思いをするくらいならば、と。

崖《がけ》にかけた指を手放すように、アルマは意識を手放すことを選択《せんたく》した。

大切な何かが指から滑《すべ》り落ちる――まさに、最後の瞬間《しゅんかん》だった。

「シャンとせいアルマァッ！　それでもシジマの跡継《あとつ》ぎかッ！」

するはずのない師の叫《さけ》びが、聞き慣れた少年の声で響《ひび》き渡《わた》る。

その声にアルマは放しかけていた意識を引き止め、目を見開いた。

振り下ろされんとする血晶の具足が、その身体《からだ》ごと視界の外へ弾き飛ばされていく。

代わりに視界に現れたのは――師と同じ名を持つ、少年の姿であった。

グラディスを蹴り飛ばしたスラヴァが、かろうじて開いたアルマの視界へと降り立つ。

「チェスター！　少しの間奴《やつ》の相手を！」

「合点《がってん》だ！　こいつァ面白《おもしれ》ぇのが出たもんだなァ！」

かつての師の宿敵へ、怒声《どせい》にも似た指示を飛ばし、スラヴァがアルマへと駆《か》け寄る。

アルマが扱《あつか》えるそれよりもはるかに優《すぐ》れた治癒の魔術を施《ほどこ》しながら、スラヴァは空《あ》いた右手でアルマの頭を優しく起こした。

「しっかりしろ！　よく、頑張《がんば》ったな……！」

焦《あせ》りと後悔《こうかい》が混じった、優しい表情。必死にアルマの治癒を続けるスラヴァの顔に、どこも似ていないというのに――アルマが誰よりも尊敬し、愛した男の顔を重ねていた。

痛みにさえ流さなかった涙《なみだ》が、止めどなく溢れてくる。

「う……ああ……師匠《せんせい》っ……師匠《せんせい》なのですか……!?」

ありえないはずの自らの言葉を頭で否定しながらも、アルマは涙の海に声を揺るがせながら、動くようになった身体でスラヴァへと縋《すが》る。

ありえない、ありえる筈《はず》がない。でも、否定をしないで欲しい。

万感《ばんかん》の思いを込めたアルマの言葉に、スラヴァは瞼《まぶた》を下ろす。

ほんの少しだけの沈黙《ちんもく》のあと。スラヴァは小さく息を押し出してから、答えた。

「人違《ひとちが》いではございませんか……と、いいたいところだが——今更《いまさら》か。話は後だ。立てるな、アルマ」

僅《わず》かな迷いの末にスラヴァが出した言葉は、否定の否定であった。

その言葉に肯定《こうてい》は無い。だが、その言葉は、喋《しゃべ》り方は。アルマにとって何よりも力強い肯定だった。

涙に揺らぎ、血で汚《よご》れた喉で上手《うま》く発音ができない。

しかしアルマは、精一杯に、威勢《いせい》よく答えた。

「……!　はいっ!」

敬語を使っていた者が、言葉を砕《くだ》き。

砕けた言葉を使っていた者が、姿勢を正す。

師が弟子《でし》に、弟子が師に。

いびつな関係にあった二人の関係は、ようやくあるべき形へと戻ったのだった。

第二十六話　交喙《いすか》

「で、ですが……えと、一体何がどうなっているのですか……？　未熟な私にはさっぱり……！」

傷を治したアルマが姿勢を正しつつ、慌《あわ》てて言葉を紡《つむ》ぐ。

肩肘《かたひじ》を張っていない、昔見たままの姿に思わず苦笑が浮かぶが、今は緊張《きんちょう》を解いている場合でもない。

グラディスへ向ける意識を保ちつつ、私はアルマへ手を差し出した。

困惑《こんわく》しながらも、その手を取ったアルマが立ち上がる。

……なんとか間に合ったか。今更《いまさら》ながら娘《むすめ》を失っていたかもしれない状況《じょうきょう》に背筋を冷やしながら、私はグラディスと闘《たたか》うチェスターに視線を移す。

「正直、私も良くはわかっていない。

分かっているところまででも説明してやりたいが――今はそれどころではない。

後で説明するから、今は観客達の避難《ひなん》を手伝ってやってはくれんか？」

グラディスとチェスターの打ち合いを注視する私は、アルマへと視線をやらずに、落ち着かせるようゆっくりと語りかける。

この言葉遣《づか》いでアルマと接するのは久々だが――結局、こちらの方がしっくりくるのは不思議なものだ。

「は……はい！　あ、あの、その……でも……っ」

頼《たの》み事が付属した私の言葉に、アルマは困惑を強めながら答えた。

離《はな》れている間に私がまた消えてしまうことを危惧《きぐ》しているのは、痛いほど伝わってきた。

ここまできてしまえばもう逃《に》げる気もしないが――それをいったところで、流石《さすが》に信じられんだろうなあ。

親と逸《はぐ》れた子供の様なアルマではなく、そうさせた自分に呆《あき》れつつも、ようやく私はアルマの眼を見据《みす》えた。

「心配するな、もうどこへも行かんよ。……この一度だけ、信じてはくれんか？　まあ、どの口がと思うのも無理はないが――」

「い、いえっ！　信じます！　師匠《せんせい》を疑う事など、ありえません！」

「お、おう……そうか……」

自分でも無理をいっている、と思っていた頼み事は、思いの外《ほか》あっさりと承諾《しょうだく》された。

むしろ千切《ちぎ》れんばかりに振《ふ》るわれる尻尾《しっぽ》すら幻視《げんし》させるような顔で、アルマは私の両手を握《にぎ》りしめる。

「おォい！　悪《わり》ィがそろそろこっちも気にかけろやァ！　この硬《かた》さは一人じゃ面倒臭《めんどうくせ》ぇんだよォ！」

……と、チェスターの方を忘れていたな。

しかしあのタリスベルグと悪態をつきつつも渡り合う辺り、奴も更《さら》に腕《うで》を上げたようだ。

「今行く！　……さて、では行きなさいアルマ。とはいえここに居ては終わった後面倒に巻き込まれそうだ。ふむ……そうだな、終わったら、カドマス殿《どの》の屋敷《やしき》へ来てくれんか？そこで全てを話そう」

「え？　ですが……その、折角タリスベルグを倒《たお》したのですから、何もいわずに去るというのは――」

……おおう、そこは変わっていないのか。

私を世間に認めさせようとするところは、昔のままか。いや……ところも、かな。

うーむ、こういうところがなければもう少し早く正体を明かしていても良かったのだが――今はそれも言い訳にすぎんな。

「……あー、そのだな……そうなってはお前との時間が取れんだろう？」

とりあえずは何か納得する理由を用意しようと、自然に口から出たのはそんな言葉だった。

アルマに時間を取ってやりたいのは本当の気持ちだが、流石にこんな適当な理由ではアルマとて納得しないだろう。

と、思っていたのだが――

「成程――！　分かりました！　では後ほどカドマスさんのお屋敷でお会いいたしましょう！」

……アルマはちょろかった。

やはりこの子も、私に似て頭は強くないのかもしれん……

大丈夫《だいじょうぶ》なのかこれで、と思う頃《ころ》には、アルマはもう駆《か》け出していた。

「うぅらァ！　終わったかァ？」

思わず頭を抱《かか》えてしまいそうな娘の姿に眉間《みけん》を押さえていると、タリスベルグを殴《なぐ》り飛ばしたチェスターが、ヤジを飛ばしてくる。

親子の再会ではあるが、場面が場面だ。お怒《いか》りは尤《もっと》もだろう。

……まあ、シェリルと同じことをしている此奴《こやつ》にヤジなど飛ばそうものなら、烈火《れっか》の如《ごと》く怒《おこ》るのであろうが。

「ああ、もういい。後でゆっくり時間をとるさ」

「喝喝喝《カッカッカ》！　お前さんも大概《たいがい》親馬鹿だなァ！」

「貴様にだけはいわれたくない……さて」

首を回しつつ、チェスターに並び立つ。

視線の先では鎌首《かまくび》をもたげるグラディスの姿。

私は奴の視線を受け止めるように、首をぐるりと回した。飽《あ》くまで余裕《よゆう》の態度は崩《くず》さずに――

「殺す」

烈火の如き怒りは、隠《かく》しもせずに。

「……おゥ、久々に見たわ。お前、ブチ切れてんな？」

「当たり前だ」

若干《じゃっかん》引いているチェスターも気にせず、私は簡潔な言葉を返す。

自立したと自らに言い訳をし、放っておいた娘とはいえ――だからこそ、それほどまでに立派なあの子は私の誇《ほこ》りだ。

それを傷つけた人ならざる者を、生かしておけるはずがないだろう。

「お前さん、ガチで切れてる時《とき》ァ口数少なくなるからな……すぐ分かるぜ」

「……そうなのか？」

自分で気付けぬ癖《くせ》をよりにもよってチェスターに指摘《してき》されたことで、納得のいかない気分が生まれる。

だがそんなものは直《す》ぐ様猛《たけ》る怒りの波に攫《さら》われていった。

……もはや奴《やつ》は人間ではない、武術家ではない。

奴がまだ武術家であったのならば、アルマは生きていなかったろう。その事については、感謝している。

しかし武術家ならば、敗者を甚振《いたぶ》る様な真似《まね》はしない。果たし合いならば命を奪《うば》ってそれで終わりだ。決着を付けた相手をああまでするものか。

此奴は最早《もはや》誇りも何もない暴力の獣《けもの》。そんなものを駆除《くじょ》するのに——

「一切の躊躇《ちゅうちょ》があると思うな……！」

「……！　エエエエエ——！」

私の怒りを受け、グラディスは完全な戦闘《せんとう》態勢へと入った。

容易な相手ではないだろうが、この怒りが与《あた》えてくれる力に加え——阿呆《あほう》みたいに気に食わないが——隣《となり》にチェスター《糞爺》がいる時点で、敗《ま》ける気がせん！

「チェスター」

「ン、なんだよ」

「浸透系《しんとう》の打撃《だげき》は使えるか？」

「打撃はひと通り使えるが、そりゃァ手前《てめ》えも――ああ、オーケイ、わかったぜ」

簡潔に言葉を交わし合い、私達は魔力《まりょく》を開放した。

私は『試製桜花《しせいおうか》』を発動させるが――同時にチェスターからも治癒《ちゆ》の魔力が感じられた事に唇《くちびる》を尖《とが》らせた。

恐《おそ》らくは私の『試製桜花』と同じような強化魔術《まじゅつ》だろう。ちっ、まさか同じ場所にたどり着くとはな。

「手前ぇも無茶するなァ」

「お互《たが》い様だ」

やはりこいつは気に食わん。

行き着く先まで同じとは――悪くないのが、気に食わん。

「――！　――！」

拳《こぶし》を並べる私達を警戒《けいかい》していたグラディスが、声にならぬ高音を叫《さけ》び、突進《とっしん》してくる。

私達を相手に無策とは舐《な》められたものだ。

私を狙《ねら》うグラディスの刺突《しとつ》に対し、私達は指し示すまでもなく互いの動きを開始した。

殺傷力が違《ちが》う刺突とはいえ、結局のところは単純な『突《つ》き』だ。そんなもの、もっと高度なものを扱《あつか》う奴が傍《そば》にいる。

正確に腹部を狙う突きは、あまりにも正直すぎる。この程度ならば反応さえできれば基本の動きだけで十分だ。

私は向かう槍《やり》を捕《と》り、力の方向を変えて振り回す。

元々が突進であるためその力は操《あやつ》りやすく、グラディスは私の外周を回るように走り始めた。

本来ならばここで地面にでも叩《たた》きつけてやるところなのだが『波濤《はとう》』を構えているという制約もあるし——今回は叩きつけるにもっといい場所が存在する。

「おォらッ！」

それは、立ち位置を確保し、掌《てのひら》を構えて待っていたチェスターだ。

魔力を纏《まと》った拳が、腕を取られて振り回されるグラディスの腹部を捉《とら》えると、魔力の衝《しょう》撃《げき》が突き抜《ぬ》ける。

どんなに表面の防御《ぼうぎょ》が硬くとも、内部へ衝撃を伝え、貫《つらぬ》き通す技は存在する。

——はッ！　血晶を使ったところで、一度取られた対策さえ跳《は》ね除けられんとはな！

チェスターの掌打《しょうだ》による衝撃を操る私に再び振り回されつつも、グラディスは取られていない方の手を私へと振り下ろす。

だがそれも力の流れ。私は振り回すグラディスの向きを変え、今度こそ地面へ叩きつけてやった。

「――！」

潰《つぶ》れた喉《のど》から出るような悲鳴が大気をつんざくと同時、そこへチェスターの蹴《け》りが加えられる。

私はそこでようやく手を離してやった。蹴り飛ばされたまま体勢を整えられずに地面へ着弾《ちゃくだん》したグラディスが石畳《いしだたみ》に打ち付けられ、血晶の音を響《ひび》かせる。

おうおう、汚《よご》れきった心に似合わぬいい音だこと。

「硬《かて》え」

「だろうな」

脚《あし》をぷらぷらと振るうチェスターに小さく鼻を鳴らすと、睨《にら》まれる。

笑えるようになった辺り、少しばかり溜飲《りゅういん》が下がってきたか。

だがこの程度で許すとは思うな。

そもそも獣に容赦《ようしゃ》は無いが――貴様は未《ま》だ、戦えるだろう？

気が付くと、私は犬歯《けんし》を剥《む》き出しに笑っていた。

格下をいたぶるなぞちっとも楽しくはない、楽しくはないが――チェスターとの共闘《きょうとう》というのは、年甲斐《がい》にもなく燃える。

「そろそろ決めるか」

「あァよ。お、そうだ。せっかくの必殺技だ、名前の一つも付けねェか？」

「それはいいな」

「けけけ、お前は好きだろう、こういうのよ。んで名前だが……――なんてぇのはどうだ？」

「ふむ……ならば私は――というのを推《お》す」

「う……割りとイイじゃァねぇか。でも手前ぇ、シェリルの技に白神蛇《しろかがち》とか名付けてただろ？　ここは俺にだなァ……」

「ならばそちらにするか？」

「……いや、やっぱそっちのでええわ。クソ、負けた気分だぜ」

武術の試合中であれば絶対にしないような、くだらない談笑。

片時でも対戦相手以外に意識を割《さ》くなど言語道断。その上で技の名前を決めるだのとふざけている者が門下にいれば、直ぐ様相手に謝罪させた上で、謹慎《きんしん》を命じるくらいの行為《こうい》だ。

グラディスの怒りが高まっていくのがわかる。ゼツロの言葉を信じるのならば、奴もまた私との『試合』に未練があったのだろうな。

だが勘違《かんちが》いしてもらっては困る。

怒りに震《ふる》えるグラディスに敢《あ》えて笑みを向け――私はいった。

「何を思っているか知らんが――これは、武術の試合ではないぞ？」

ゼツロの時とは、逆ともいえる。

飽くまでも武術家であった奴とは違い、私にはグラディスと『試合』をする義理も義務もないのだ。

だがその言葉は、グラディスが最も許せぬ事の一つだったのだろう。

怒りに任せ、グラディスが突進を始める。最早どちらを狙っているかさえわからぬ、感情に支配されての突撃《とつげき》だ。

ほうら、武術ではない。

迫《せま》るグラディスに対し、チェスターと全く同じタイミングで散開する。

中途半端《ちゅうとはんぱ》な位置取りの突進は、私だけを狙っていたものではないだろう。奴をコケにしていたのは、チェスターも同じだからな。

同時に分かれた私達を見て、グラディスは一瞬《いっしゅん》だけ、見比べるように首を左右に振《ふ》った。

あまりに愚《おろ》か。これほどの隙《すき》を見逃《みのが》すと思うな。

私とチェスターはやはり同時のタイミングで、グラディスへと向けて踏《ふ》み込んだ。

アルマの時からカウンターに徹《てっ》されていたからか、思わぬ攻《せ》めにグラディスの動きは硬《こう》直《ちょく》する。

──最早決定的。私とチェスターが、それぞれグラディスの胸と背に拳を付ける。

「プライム・シジマ交流──」

先にそう宣言したのは奴だった。

くくく、私と奴が協力して技を放つとは、珍《めずら》しいこともあったものだ。

こんなのは──百年に一度あるかないか、だな。

『プライム』が先というのは気に食わんが、技の名を決めたのは私だ。そこは譲《ゆず》ってやろう。

チェスターと息を合わせ、私達は添《そ》えた腕《うで》に爆発《ばくはつ》的な力を込める。

外皮が硬《かた》いのならば浸透系の打撃を与えてやれば良い。更《さら》に、逆側からもう一つの力を込めれば──力の行き先はなくなり、グラディスの身体《からだ》を駆《か》け巡《めぐ》るだろう。

チェスターの掛《か》け声に合わせ、私達はその名を同時に叫ぶ。

常に食い違う嘴《くちばし》を持ち──食い違った状態こそがあるべき姿である、鳥の名を。

「「交喙《いすか》──!」」

技の名を合図に、全く同じタイミングで、全く同じ力がグラディスの内部へと打ち込まれる。

「エ——ッッッ！」

行き場をなくした力はグラディスの体内を駆け巡り、その隅々《すみずみ》を——とりわけ、胸の位置にあるであろう決定的な部位、心の臓を徹底的《てってい》に破壊《はかい》していく。

技が決まったことを確認した私達は互いに後ろへと飛び、警戒を続けながらグラディスを挟《はさ》み込む形を作った。

「エェエェイィイエエエエエエッ——！」

長き断末魔《だんまつま》の叫びが続く中、私とチェスターは油断なくその様を見つめる。

だが元は表の代表とも呼べる存在であった私と、裏の代表であるチェスターの拳を同時に打ち込まれては、さしものタリスベルグも耐《た》えられなかったようだ。

叫びを止めると、ドス黒い血を目の部分に空《あ》いた穴から迸《ほとばし》らせ——紅騎士《あかきし》の怪物《かいぶつ》グラディスは仰向《あおむ》けに、倒《たお》れこんだ。

第二十七話　行く末の言葉

「殺《や》ったな」

「……ああ」

倒《たお》れ伏《ふ》すグラディスを見る、向かいのチェスターと声を掛《か》け合う。

完全に沈黙《ちんもく》したグラディスの死は、最早《もはや》疑いようのないものだ。

仮に立ち上がったとしても、同じものをもう一度打ちこむだけの状況《じょうきょう》で、私達は声を掛け合う。

「あー、なンだ。これもタリスベルグってぇモンなのか?」

「らしいな。こんなものを見るのは初めてだが——タリスベルグは『昏《くら》い色の血晶』を飲み込んだ動物が変化する怪物だそうだ」

「マジか。流石《さすが》にそりゃァ知らんかったぞ」

丸くした眼を向けてくるチェスター。暗に続きを促《うなが》す『知らん』という言葉に、望まれるものを渡《わた》す。

「昏い色の血晶というのは知っているか？」

「おォよ……ってか俺が教えたんだろうがい。飲み込むと性格が変わっちまうが強くなれるってアレだろ。それが関係あるのか」

「知っているのならば話が早い。血晶とは要はタリスベルグの卵らしくてな。飲み込んだ者の暗い感情を吸い、成長しきった時にタリスベルグを出現させるもののようだ。

ただ、代わりに血晶は膨大《ぼうだい》な魔力《まりょく》や、若返りという現象を発生させるらしい。この男が血晶を使ったのも、その様な理由からだろうな」

「はァーン……そりゃまた、くっだらねぇ事すんなァ」

血晶とタリスベルグの因果関係を簡単に説明すると、チェスターは鼻を穿《ほじ》りながら心底呆《あき》れたような声を出した。

……そういえば、此奴《こやつ》も歳だが――若さを得るということに対しては、どう思うのであろうか。

「……ほう？　若さに興味はないのか？」

「そりゃァないでもないがな、シェリルを傷つけちまうかもしんねーモンに興味は湧《わ》かんわ」

「お前らしい」

「だろ？」

チェスターらしい答えに笑みを浮《う》かべつつ、私はナトゥーシャのタリスベルグが消滅《しょうめつ》した時に出した赤い光を放出し始めたグラディスへと近づいていく。

先にグラディスへ到達《とうたつ》したのは私だが、遅《おく》れてチェスターがグラディスの傍《そば》に寄ると——紅《あか》い血晶の鎧《よろい》が剝《は》がれた、人の形をしたグラディスが現れる。

……見た目には人間のそれだが、やはり眼は紅い。もう人ではない此奴に向けるに、人の形をした——という表現は適切だったようだ。

「おめーも馬鹿《ばか》なことすんなァ。手前《てめ》ぇの力じゃなく、貰《もら》いモンの力で強くなろうなんざヘソで紅茶が沸《わ》くぜ」

「それは飲みたくないな」

「黙《だま》ってろィ」

紅い瞳《ひとみ》を動かしたグラディスの傍にチェスターが屈《かが》み込み、グラディスを嘲笑《ちょうしょう》する。

チェスターの罵倒《ばとう》にグラディスは初めて心から表情を——怒《いか》りを浮かべた。

「貴様の様な強き者に何が分かる……最強を目指し武に身を捧《ささ》げ——やがてそれをあざ笑う武術が台頭してきた苦しみが、分かるか……！」

……どうやら、まだ喋《しゃべ》るだけの力は残っていたようだ。

もしも襲《おそ》いかかるだけの力があれば、すぐにでもそうしてきただろう。グラディスの表情は、それ程の怒りに染まっていた。

成程。グラディスの吐《は》き出した怒りを聞いた私は、ようやく『間違《まちが》えぬよう』という言葉の意味を理解した。

射殺《いころ》さんばかりの視線は、自らを笑ったチェスターへと向けられている。

それを受けたチェスターは、口に手を当てて更に笑う。

「ぶはっ！　なァ～に言ってやがんだオメェ。ンなモン、オメェが弱かっただけだろう？　さっき戦ったんだ、分かるだろ。俺ィらの武術も、生粋《きっすい》の打撃《だげき》系だぜ。だっつーのに、俺はこのガキンチョと勝ち負け繰《く》り返す仲をやってる。あァいや、俺が勝ち越《こ》してたっけなァ～？」

「ぐ……ここぞとばかりに……」

チェスターの言葉に思わず反応した私の呻《うめ》きは、その言葉を肯定《こうてい》するものだった。

その事実に、表情を驚愕《きょうがく》へ変えるグラディス。

一方で、チェスターは嫌《いや》らしい笑みを強めて続ける。

「この世界、強《つえ》ぇか弱《よえ》ぇかだけだ。相性《あいしょう》なんざ言い訳よ。そりゃァ俺もコイツの師匠《せんせい》にゃボッコボコにされたがな、ンな怪《あや》しい石ころに力借りるくらいなら死を選ぶぜ。せっかく磨《みが》いた力に混ぜモンされてたまるかってんだよ。……ハッキリいってやらァ。腐《くさ》った時点でオメェの負けなんだ」

チェスターが浴びせる言葉は、仮に私がいってもグラディスの耳には届かなかっただろう。

だが、何よりも――真っ当に道を歩んだ自分の完成形ともいえる男の言葉は、強くグラディスを打ちのめしたようだ。

苦々しく表情を歪《ゆが》ませたグラディスが、紅い光を放ち始める。

外道《げどう》に身をやつした自分を支えていた何かが、崩《くず》れたのだろう。その表情には憤怒《ふんぬ》はもうなかった。

「そうか……やはり、これは最大の間違いだったのか……」

眼を閉じたグラディスの瞳から、涙《なみだ》が溢《あふ》れる。

だが、その涙は血の様な、どす黒い赤。……グラディスが踏み外《はず》した一歩はあまりにも大きかった。悔《く》い改《あらた》めても最早、武の道には戻《もど》れない。

「スラヴァ……といったか。あの娘《むすめ》を傷つけて、すまなかった……」

「……ふん、許す気はないが、言葉だけは受け取っておいてやる」

「ありがとう……」

……私は。

敗者に鞭《むち》を打つような真似《まね》はしない。

たとえ殺しても足りぬ様な男が相手でも、果たし合いに決着が付けばそれまでだ。

礼をいったグラディスの顔は穏《おだ》やかなものだった。

それを最後に——グラディスの身体は透《す》けていくと、あっという間に赤い光となって消えていった。そこにはもう、五百年を生きた武術家の道のりは残されてはいない。

……くそ。最初から最後まで後味の悪いやつだ。

二度も気持ちの悪さを味わわせおって。

ゼツロとは違《ちが》う方面——真逆の理由で、好きになれぬ奴《やつ》であった。

歩んだ道も、選んだ手段も全てが真逆。絶対に理解出来ない相手というのは、どうにも快《こころよ》く思うことが出来ん。

……培《つちか》った技術を否定されるというのは、私とて経験している。

此奴はそこで、腐ってしまったのだな。

真っ当に武の道を邁進《まいしん》していれば、やがてチェスターの様になれたものを。

怒りは消すことが出来ない、だが私の胸中には確かに、惜《お》しいという気持ちが渦巻《うずま》いていた。

しかし、それももう終わりだ。

グラディスが在《あ》った場所を一瞥《いちべつ》し、私は天を仰《あお》いだ。

この気持ちはここまでだ。どれだけ考えても、私は奴を理解することは出来ないだろう。

ならば、こんな場所で立ち止まっている暇《ひま》はないのだ。

それよりも、今はただ――この後に残る最大の試練をどうするか、だな。

アルマの事を思うと気が重い。ほったらかしておいて今更《いまさら》どんな顔をして会えば良いのやら。

右の目を隠《かく》すように顔を覆《おお》い、私は疲《つか》れから来るため息を吐き出した。暗い息を見とめたチェスターが豪快《ごうかい》に笑い、背を叩《たた》く。

「ンじゃあ、そろそろお暇《いとま》するかィ。お互《たが》い、目立つのはあんま好きじゃねぇだろう？」

「あんな屋敷《やしき》に住んでいるお前にいわれるのも釈然《しゃくぜん》とせんが――その通りだな」

「相変わらず一言多いっつーんだよ、手前ェは。だがまあ、そのほうがずっとらしいぜ」

こいつとこうして悪態を吐《つ》き合う仲は、生涯《しょうがい》変わらないのだろう。

それがなんとも楽しい。……そういえば、こいつとこんな風にするのは久しぶりだ。

「……全てが片付いたら、酒でも飲むか」

「いいねぇ。アルマの嬢《じょう》ちゃんから早く解放されることを祈《いの》ってるぜ」

「すまん、やはりこの約束は何時になるかわからん……」

「……だよなァ」

チェスターと軽口を叩き合い、笑う。

なんだかんだといって楽しいのは、やはりその関係がそうさせているのだろうな。

なんとなく、親友という言葉を避《さ》けてしまいながら、私達は笑い合う。

……こいつと共に戦うのならば、何が来ても勝てる気がする。

こんな最強もあるのかもしれんと思いつつ、私達はコロッセオから姿を消した――

◆

「せ……師匠《せんせ》えぇぇぇぇぇぇっ！　う、ああ……アルマは、アルマはお会いしとうございましたぁぁぁぁっ！」

……ああいや、訂正《ていせい》する。何と組んでも、私達にはどうしても勝てないものが存在するのだった。

「おじいちゃんっ！」

「おぉおーウ！　シェリルゥっ！　元気してたかァ!?」

「うんっ！　あのね、あのね、わたしすごい技おぼえたよっ！」

「よしよしよし！　お爺《じい》ちゃんにお前のお話を沢山《たくさん》聞かせてくれよなァ！」

久々に祖父と会うシェリルは目を輝《かがや》かせ、チェスターの横で飛び跳《は》ねている。

その愛くるしい姿に『見えざる鬼《おに》の牙《きば》』と呼ばれた裏武術界の元締《もとじ》めはその牙を一本残らず抜《ぬ》かれ、私の方は――

「うあああああ！　うわあああああん！　師匠《せんせい》！　せんせぇぇぇぇぇぇっ！」

泣く我が子に為《な》す術《すべ》が無い。

私の胸に頭をえぐりこみながら、絶対に放さんという意志を感じさせ――見るものが見れば一瞬《いっしゅん》で理想を崩壊《ほうかい》させるアルマに、私の眼が死んでいく。居合わせたレティスの目もついでに死んでいく。

やはり私とチェスターのコンビにはどうしようもない弱点があるようだ。最強というのは難しい。私は静かにため息を吐き出すのであった――

第二十八話　ただいま

「……さてと、まずは何から話そうか？」

すっかりと日も落ち、室内灯が照らす柔《やわ》らかな光の下。

カドマス殿《どの》に貸していただいた応接室で、私は机を挟《はさ》んだ対面にいるアルマの瞳《ひとみ》を正面から見据《みす》えた。

カドマス家の人々には、軽く事情を説明してある。詳細《しょうさい》な部分を省《はぶ》いているがゆえ多くの疑問符《ぎもんふ》を浮かべていたが、彼らは『スラヴァ殿がいうのならば、疑う事もない』と、簡潔な説明を信じてくれ、後は親子二人で……とこの部屋を貸してくれたのだ。

ちなみに、その際レティスは完全に固まっていた。泣きじゃくるアルマを見た彼女は、その理想を打《う》ち砕《くだ》かれ——多分、暫《しばら》くは此方《こちら》の世界に戻《もど》ってこないだろう。微動《びどう》だにせずソーニャに担《かつ》がれていった彼女の姿を忘れることは出来ない。

……閑話休題《かんわきゅうだい》。

アルマの瞳を見据えた……とはいうが、その表現は少しばかりそぐわないかもしれない。

今もアルマは嗚咽《おえつ》を漏《も》らしながら涙を流し、その金色の瞳は涙を拭《ぬぐ》う手と閉じた瞼《まぶた》に阻《はば》まれ、窺《うかが》う事ができないからだ。

「せんせぇ……ぐすっ、せんせぇ……っ」

これは、時間がかかるかもしれんな。

ふ、と鼻から息が漏れる。

英雄《えいゆう》とまで呼ばれるようになり、立派に自立したものと思っていたが——家族の、父の死を乗り越えるには、まだアルマには時間が足りなかったようだ。

目の前で嗚咽を漏らす少女の姿は、私がスラヴァ＝シジマである時のままであった。

あの時確かアルマは——何歳だったたか。

確か、七十と少し。人間でいえば、十七歳くらいか。だとするならば、仕方のないことかもしれぬ。

私に対するこの子の時間は、あの時のまま止まってしまっているのであろう。

……未《いま》だに私を思っていてくれたことがなんとも嬉《うれ》しく、同時に申し訳なくも思う。

やはりもう少し早く姿を現してやるべきだったのだ。

しかし今何をいったとて、それは言い訳にしかならぬ。

「あ……師匠《せんせい》……？」

い。

だから、私はアルマへ歩み寄り、頭を包むようにそっと抱《だ》いてやった。

……何をいっても言い訳にしかならない。ならば、その分をこれから返してやるしかない。

かける言葉は、決まっていた。家族の元へ帰った時は、いわねばならぬ事があるだろう。

「ただいま」

「う、あ……うあああああああああ……」

しっかりと、私は意思を告げた。

その言葉にアルマはまた声を上げて泣き出してしまったが——涙の色は、少し違う。

「お帰り……おかえりなさい……おとうさまぁ……！」

身体《からだ》の大きさは逆転してしまったが、あの時と——前と一緒《いっしょ》だ。

私の身体を強く抱き返してきたアルマの頭を撫《な》でる。

いかんな……つい、視界が滲《にじ》む。私も歳をくったなぁ……

「——ただいま」

「おかえりっ……なさい……！」

もう一度、ゆっくりと、同じ言葉を。

自分自身で噛《か》みしめるように——私達は、何度も同じやりとりを繰《く》り返すのであった。

◆

「どうだ、少しは落ち着いたか？」

「は、はい……みっともないところをお見せいたしました……！」

「ああいや、よいよい。そういうのは無しでいこう。悪いのは私なのだからな」

「と、とんでもありません！　私は、お父様が帰ってきてくれただけでも……十分です」

どれだけ時間が経《た》ったか。

ようやくまともに喋《しゃべ》れるようになったアルマと私は、向かい合うのではなく隣《とな》り合って話をしていた。

アルマは私の肩《かた》に頭を預け、実在を確かめるように胸へと手をおいている。

……お父様、というのは久々に聞いた気がするな。

アルマはこれで公私を分ける。道場では『お父様』ではなく『師匠《せんせい》』だったので、最後に聞いたのははて、いつだったか。

まったく……本当に、苦労をかけたものだ。私は自分自身が恥《は》ずかしい。

「では今度こそ私のことについて話そうか？　といっても何から話したら良いかわからん

ので、聞きたいことを聞いてくれ。包み隠さず話すと約束しよう」

そんな恥ずかしさを紛らわすように、私は平静を装って質問を受け付けた。

話すことが多すぎて、どれから話したら良いかわからない。故に、アルマの気になることから片付けていくという形で。

「はい……でも、私もどこから聞いたらよいか……。

やっぱり、まずは何故《なぜ》ご無事に……というと違《ちが》うかもしれませんが、お父様が今ここにいらっしゃる理由からでしょうか……？」

しかしアルマは顎《あご》に手をあて、考えこむ素振《そぶ》りを見せ始めた。

私が聞いたというに、気がつけばアルマが私に聞いているという状態に思わず笑ってしまう。

「はは、何を聞くかをお前が聞くのか？　……しかしそうだな、その点は私自身わからんのだ。

気付いたら、エルフの赤ん坊《ぼう》になって生まれ直していたというか……そのくらいしかいえんのだよ」

「じゅ、十分です！　お父様がここにいらっしゃるという事実だけで、アルマは！」

「……お、おう。うーむ……お前は相変わらず堅苦《かたくる》しいのう。もう少し遠慮《えんりょ》をせずともよいのだぞ？」

これも昔と変わらぬのだが、相変わらずアルマは敬語で話している。

親と子の関係なのだから、もう少し砕けた話し方をしてもよいのだがなあ。

これもいい機会かと、私はアルマにそんな提案をしてみた。が、アルマは声を暗くして返した。

「そうはいいますが……誰《だれ》より尊敬をしている方に無礼は働けません。あ、あの……そうしろと命じられるのでしたら、努力はしますが……」

……よくもまあ、こんな私をここまで慕《した》ってくれるものだ。

赤くなった顔を隠《かく》すように、アルマから視線を放す。いかん、また泣いてしまいそうだ。

「……いや、それが楽ならばそれでよい」

「……！　ありがとうございますっ！」

なんとか衝動《しょうどう》を抑《おさ》えて、ぶっきらぼうに返すと、アルマは小さな少女のような満面の笑みを浮《う》かべる。

……くそ、やはり我が子には勝てん。いつかは爺馬鹿《じいばか》と揶揄《やゆ》して済まなかった、チェスター。

しかしまあ……ソーニャもそうだが、何故この子達は私をそこまで慕ってくれるのだろうなあ。

武術ばかりでなんの魅力《みりょく》も無い男だと思っていたが――

ふと浮かんだ疑問に首を捻《ひね》る。するとアルマは、明らかに眉《まゆ》を顰《ひそ》めた。

「む、どうした？」

先ほどまでとは打って変わった様子のアルマに聞き返すと――

「あ、いえ！　今お父様が、他の誰かの事を考えたんじゃないかなと思いまして……」

心を読んだような洞察《どうさつ》が返ってきた。

……怖《こわ》い。そう思うのはいつぶりだろうか。

アルマは笑いながら手を振《ふ》るうが、私はつい笑みを引きつらせた。

どこまで見透《みす》かされているのだろう。とはいえ、親子久々の再会で他の者のことを思い浮かべるのは確かに無粋《ぶすい》か。

「あ、そうだ。では質問をしてもよろしいですか？」

空気が妙《みょう》な色に変わろうとした直前、変わらぬ様子のアルマが思い出したように質問する。

そのタイミングは見事の一言だ。

「はは、遠慮をするなといったろう。なんでも聞くといい」

「はい！　では、ええと、現在のスラヴァという名はどのようにして……？　お父様がご自身で名乗られるようになったのですか？」

なんとか持ち直した私に投げられたのは、名についてだった。

確かにそう思うのも無理はないか。

「それなんだがな、面白いことにこれが全くの偶然《ぐうぜん》なのだ。

名の由来は私――スラヴァ＝シジマらしいがな。……まったく、お前は一体、私のことをどう語ってきたのだ？」

「それは数奇《すうき》な運命ですね！　……ですが、どうとは？

私はあるがままを伝えてきただけですよ？」

この名については、私も面白く思う。

その事を伝える時、ついでに冗談《じょうだん》交じりにそんなことを聞くと、アルマから返ってきたのは至極《しごく》当然という、きょとんとした表情だった。

……この事についても、あまり深入りしないほうが良さそうだ。

しかし、そこから先は本道に戻《もど》ったようで、私はアルマから求められる質問の答えをとんとんと返していく。

旅の途中《とちゅう》何を見たか、だとか。いつ頃《ごろ》チェスターと仲良くなったのだ、とか。

そんな質問に答えを返すと、アルマは——

「う……チェスターさんでさえ、そんなに早く気付いたのですか？

……真剣《しんけん》な演舞《えんぶ》を見せていただきながら気付けなかった未熟が、申し訳ないです……もしや、とは思ったのですが——」

本気でそう悔《くや》しがっていた。

あれは確かに過去の私と寸分たがわぬものだったからな。

見るものが見れば気付いただろうが、私を慕っていたアルマだからこそ、かえって気付かなかったのだろう。

「はは、普通《ふつう》は人は生き返ったり、生まれ変わり——はあるかもしれんが、同じ者がそこにいるということはない。むしろ気付いたチェスターの方が異常に近いのだぞ？」

「それでも、悔しいです……ヒントまでいただいていたのに、気が付けないとは……！」

どうやら、アルマはこの点は本当に悔しい様子だ。

生まれ変わりだなぞ分かるはずがないし、気付けなくて当たり前だと思うのだがな。

そう励《はげ》ますも、こればかりはアルマも止まらない。

「いえ！　シジマ流を託《たく》された者として、分からねばならないのです！

他ならぬお父様の仕草を見逃《みのが》すなどと！　思えばあの時も――」

まあ、昔からこの子は暴走する時があったからな。

今回もそのようなものだ。いずれ収まるだろう。

……と、私はその時はそう思ったのだが、言葉を切って止まるアルマが気になり、正面に向けていた視線をアルマへと移す。

先ほどまでの、浮かれる少女の様な紅《あか》い頰《ほお》はそこにはもうない。

みるみるうちにアルマが青ざめていく。

「あの時も……あの、時も？」

アルマとは前世で長い間過ごしてきたが、その顔色は初めて見るものだった。

い、一体どうしたのだ⁉　まさかまだどこかの傷が塞《ふさ》がりきってはいなかった――⁉

脳裏《のうり》に浮かんだのは先程のアルマの姿。一度も見た事がないその様子は、ただならぬことが起きたに違いないと私に予感させる。

だがどうやら青ざめたアルマは、私が思っているのとは違う理由で青ざめているようで――

半泣きになったアルマが、口を、眼を震《ふる》わせながら私の顔を見つめ返す。

その涙《なみだ》の理由は、先ほど見たものとは違うもののようだった。敢《あ》えて近いものを上げるとするならば——恐怖《きょうふ》？　いや、恥ずかしさ？

「お……お父様……？」

「う……うむ、どうした……？」

「生まれ変わった頃《ころ》にはもう、前世の記憶《きおく》があったのですよね？」

「それはまあ、そうだが……」

「で、では……お父様とエルフになってからお話ししたことは、全て覚えておられますか……？」


今にも涙を溢《あふ》れさせようとしているアルマの様子は、やはりただごとではない。

もしや今更《いまさら》になって放って置かれたショックが来たか⁉

なんにせよ、ここで隠すのはアルマのためにならない。私は——

「う、うむ。よく覚えているぞ！　ほ、ほら！　お前が私を弟子《でし》にと誘《さそ》ってきた時のこととか——」

包み隠さず、アルマとの思い出を挙《あ》げながら「はい」と答えた。

その答えに固まるアルマ。

表情は恐怖に絶望を絡《から》めてゆき——

「ひ」

「ひ……？」

ついに、アルマの涙を止《とど》めていた堰《せき》が決壊《けっかい》する。

しかしその時に、真っ青だった顔は一瞬《いっしゅん》にして真っ赤に変わった。

「ひぃやぁぁぁぁぁぁぁぁぁ……！」

が、その顔が見えたのは一瞬のこと。

直《す》ぐ様アルマは顔を覆《おお》って私から離《はな》れてしまった。

ただならぬ様子に私もびくりと肩《かた》を震わすと、アルマがうずくまる。

「あうッ⁉」

そのさい、盛大にテーブルへと顔をぶつけて丸まってしまうアルマ。

痛みのせいでか、そのままセミの抜《ぬ》け殻《がら》のようになったアルマが、ふるふると震え始める。

「……もしや」

呆《あき》れ混じりに声をかけると、アルマは勢い良く肩を震わせた。

……ああ、成程――

「恥《は》ずかしいのか……」

「い、いわないでえぇぇぇぇ……」

魂《たましい》が抜けたセミの抜け殻が、今にも消え入りそうな声を出す。

真面目《まじめ》なこの子だ、考えてみればそうであろうな。

「……う、うむ……仕方がないと思う、ぞ？

弟子にと誘われたり、正座をさせられたりとあったが、それも私を私と知らぬ故《ゆえ》でのことであったし、説教においては何一つ間違《まちが》ったことをいっていな――」

「やめてくださいお父様ぁっ！」

「うお⁉　す、すまん……！」

慰《なぐさ》めようと、わざとおちゃらけた態度でアルマを説得しようとするが、これが見事に逆効果。

「うあああああ！　ああああああん！」

アルマは再び、泣き始めてしまった。

先ほどまでのものはともかく、これは私が悪いのだろうか……？

大して気にする必要は無いと思うのだが――この状態のアルマに何をいっても無駄《むだ》だろう。

……これは泣き止《や》むまでに時間がかかりそうだ。

私はため息を一つ生み出す。こんな姿は、レティスには見せられんな——

第二十九話　新たな旅に向けて

「へ……？　人間の国!?」

アルマの強い希望で一夜を共に明かした次の日のこと。

これからの目的を聞いてきたレティスに対し、何気なくそんなことをいうと、放ったばかりの言葉が勢いを増して返ってきた。

「あ、ご、ごめん。でも急すぎるわよ！」

凄《すさ》まじい剣幕《けんまく》に思わず眼を瞑《つぶ》ると、慌《あわ》てて謝ってくる辺りしっかりしているというか。

眼を開けつつ笑みを作ると、私はかんらと笑う。

「いうのが遅《おく》れてすまなかったな。とはいえ、実をいうと前からシェリルやソーニャと話していてな。

エルフの国中から武術家を集めた大会が終わった今、ここいらで他の国へ足を伸《の》ばしてみるのも良いかと思ったのだ」

「それも大会参加を決めてからだったからいきなりといえばいきなりだったけどねー。

私も他の国って行ったことないし、ちょっと楽しみだったり」

「かいがいりょこう。たのしみ」

本来ならばもう少しエルフの国を回るつもりだったのだが、人間の国へ向かうのならば国中から武術家を集めた大会が終わった今こそ丁度いい。

それに、今は有耶無耶《うやむや》になっているものの、大会では少しばかり暴れすぎたということもある。王族も居たらしいし、このままでは面倒《めんどう》なことになってしまいそうだ。

シェリルやソーニャも乗り気だし、文字通り渡《わた》りに船になったというのは面白い。

エルフの国にもまだまだ腕《うで》の立つ武術家はいるだろうが、未《ま》だ見ぬ者達と手を合わせたければ、何時《いつ》でも戻ってくれれば良いだけのこと。

それに、だ。

エルフの国に残す上で気がかりだったことの一つが昨日ようやく解決したというのも大きい。

最早風《もはや》は、人間の国へと吹《ふ》いている。そう思うと、居ても立ってもいられないのが我ながら困ったものだ。

「……うーん、まあいきなり過ぎるってのはあるけど……スラヴァの夢は世界最強だもんね、仕方がないか」

「はは、理解が早くて助かる。……しかし、お前は変わらんのだな。もう少し、距離《きょり》が開くかと思っていたのだが」

「出来れば、スラヴァの口から聞きたかったけどね。……でも、スラヴァはスラヴァよ。私のライバルで、その、大切な――親友！　そう、親友だもの！」

　急に人間の国へ行くことを知らされてか、私の正体が原因か。どこか困惑《こんわく》を浮《う》かべつつも、レティスが普段《ふだん》通りに話してくれるありがたさに、私は目を細める。

　――昨日、私がアルマと過ごしている間のこと。レティスの方にはシェリルとソーニャが事情を説明してくれたらしい。

　私という存在のこと。昨日の出来事のあらまし、そして――アルマのこと。

　それらを知った上で、レティスは変わらず私と接してくれているのだ。

　そのことが、どこまでも嬉《うれ》しい。

「……すまんな、恩に着る」

「いいのよ。その代わり、これからも時々稽古《けいこ》をつけてよね」

「ああ」

　笑うレティスに、笑みを返す。

　……まこと、まっすぐで良い子だ。

同じ道を行くこの子と友になれたのは、私の自慢《じまん》となるだろう。

「だからずっと、変わらないわ。……まあ、そうね。知りたくないことも、あったけれど
――」

「……ああ」

いつまでも変わらぬ関係を、といってくれるレティスに心中で礼をいいながら――後半の言葉の意味を悟《さと》り、隣《となり》へ視線をやる。

「……？　どうかなさいましたか、師匠《せんせい》」

そこには、私にべったりと貼《は》り付くアルマの姿があった。

タリスベルグを倒《たお》し、エルフの国に武術を広めた英雄《えいゆう》アルマ。

容姿端麗《ようしたんれい》、文武両道を地で行く彼女には、その姿に憧《あこが》れる者が多く存在する。

……そんな者達にとっては、この姿は見たくなかったであろうな。

言葉にならない思いをくしゃくしゃと丸め、眉間《みけん》を摘《つま》む。

放っておいた手前、強く出られぬのがもどかしい。

「いや……何でもない。親子として接するのは構わぬが、節度は守れよ？」

「ええ！　ですからこの様な場所では師匠《せんせい》とお呼びしております！」

「あ、はは……はあ。……まさか、アルマ様がこんなユニークな方だなんて思わなかった

わ……」

肩を落としつつも、レティスはもう何処《どこ》か諦《あきら》めた様子だ。同じ立場であれば、私もこうなっていただろう。

というか、似たことは経験がある。師匠がチェスターの様に爺馬——孫を溺愛《できあい》し始めた時のことだ。

誰《だれ》よりも強く、雄々《おお》しく、厳格。そんな師匠が孫に頬《ほお》ずりをしながら目尻《めじり》を溶《と》かしているのを見た時といったら——その時の私の気持ちは、レティスと同じものだったかもしれない。

「あ、でもそういえばさ、エルフの国はいつ頃《ごろ》出るの？　色々準備とかした方がいいかな」

アルマの魔力《まりよく》によるものか、当の本人をおいて下がり始めた空気の温度を戻《もど》すため、ソーニャが切り込む。

いい一撃《いちげき》だ。一瞬で話を変えたその手腕《しゆわん》に、空気を読む『空見《くうけん》』の力は凄まじいと感嘆《かんたん》する。……いや、それはちと違《ちが》う空気か。

「うむ。それなのだが、もう少しだけ、やることをやる迄《まで》は此方《こちら》にいるつもりだ。まあ、少しばかりやることが残っていてな」

「やること？」

首を傾《かし》げたのはシェリルだ。

そう、エルフの国を出るにも、やっておかねばならぬことがある。

「エルフの国で世話になったものに、挨拶《あいさつ》をせねばならんだろう。セリアやシド……は捕《つか》まるかわからんが、別れくらいは必要と思ってな。それに私も一応、父や母に挨拶しておこうかと。シェリルもチェスターに一言必要だろう」

「……！　わすれてた」

口を三角形にし、無慈悲《むじひ》な一撃を放つシェリルに苦い笑いを向ける。

……これは、チェスターには聞かせられんな。

無邪気《むじゃき》な子供故《ゆえ》に、自分の言葉が――極《ごく》一部の者に対して――どれほどの破壊《はかい》力を持つかわからぬシェリルに戦慄《せんりつ》しつつ、私は頷《うなず》いた。

「と、そういうわけだ。もう少しだけ世話になってもよいか、カドマス殿《どの》に聞いてみなければな」

「お父さんなら、喜ぶと思うわよ？　男としてスラヴァ＝シジマには憧れがある！　っていってたもの」

「……それはそれで、会うのが怖《こわ》いな」

だがともかく、だ。

あと少し残っているとはいえ、エルフの国でやることも一段落がついたのだ、これは良い機会だろう。

「まあ、そんなわけだ。別に誰に急《せ》かされる旅でもない。やることをやったら、人間の国へ向かおう」

「昔はそう簡単に船を出すことも出来なかったのですが、いい時代になりましたね、師匠《せんせい》」

そうそう、そういえばそんなこともあったか。

閉鎖《へいさ》的だったミラフィアも少しずつ外交を始めているらしい。

やはり、良い風が吹いているのかもしれんな。

……かつての宿敵と再会し、その孫と旅を始め――情けなくも保留中として貰《もら》っているが――ソーニャの様な者から想いを寄せられ。道を同じくする小さな友人ができ、そして娘《むすめ》までと再会を果たす。

その全てが偶然《ぐうぜん》とは思えない。人と人との縁《えん》というのは、どういう形でつながっているのだろうと、ふと思う。

勿論《もちろん》、良い出会いだけではない。

旅先では妙《みょう》に昏《くら》い色の血晶《けっしょう》――タリスベルグと遭《あ》うことも多く、ゼツロの様な者と再び見《まみ》えることもあった。

……そもそも、死んだはずの私がこうしてここに存在しているのもおかしな事だ。

私が今の人生で経験した出会いと再会は全て、本来有り得なかったはずのもの。

もしも、想像もつかないような何かが私を動かしているとするならば——人間の国でも、多くの出会いが待っていることだろう。

今から人間の国へ行くのが、楽しみで仕方がない。

思えば、人間の国にもまだまだ行っていない場所は幾《いく》つもある。人間の身で世界のすべてを見て回るなど到底《とうてい》出来はしない。だが——エルフに生まれたこの身体《からだ》ならば、それが出来るのだ。

胸の内の心が弾《はず》んでいることに、苦笑が漏《も》れる。まるで祭り前の子供の様だ。

ただでさえ外見は子供のそれだというのに、唯一《ゆいいつ》持った大人としての落ち着きまでも失ってしまっては、もうまるきり子供と変わらん。少しは自制せねばな。

少々今更《いまさら》な事を思い、頭を振《ふ》るう。

「さてと、それでは私は少し出てくるぞ。お前達も、エルフの国を発《た》つ前にやり残したことを片付けてくるといい。……特にアルマは、することも多いだろうからな」

人間の国へいくのはいいが、その前にやることは片付けておかねば。

私のやることといえば、この国の友人たちに別れを告げることだろうか。シドはわからんが、セリアならば劇団で今日も演技の練習をしているだろう。

一つ一つの用事を済ますため、私はおもむろに立ち上がった。

が、袖《そで》を引く指があることに顔を顰《しか》める。

「——アルマ、そんな顔をするな。必ず戻ってくるから」

「う、うう……しかし師匠《せんせ》ぇ……っ！」

「あーもー、面倒臭《めんどうくさ》いなあ……アルマもスラヴァ君の娘さんならもう少しスラヴァ君を信じてあげなよ。そりゃあ、気持ちもわかるけどさ」

「め、めんどくさっ……!?　ええい、貴方《あなた》に私の何が分かる！」

ちくりと胸を突《つ》くことをいいつつも助け舟《ぶね》を出してくれたソーニャに感謝しつつ、私はソーニャに詰《つ》め寄《よ》るアルマから距離を取った。

小さな歩幅《ほはば》で近づいてきたシェリルに眼をやると、シェリルはいい争う二人を指さして穏《おだ》やかに微笑《ほほえ》む。

「どっちもこども」

「はは……そうだな。シェリルが一番、大人かもしれんな……」

無邪気故の——しかし、的《まと》を射た指摘《してき》に、私は苦笑いを浮かべる。

「いくなら、今のうちだよ？」

「うむ、では後ほどまた会おう」

小声でシェリルと言葉をかわし、私は気配を消して部屋を後にした。

多分、ソーニャも私のことには気付いているだろう。逃《に》がしてくれたソーニャには後で礼を言わねば。

こういう時、ソーニャはやはり大人だな。……ううむ、アルマももう少し見習わせた方が良いだろうか？　いや、普段は大人っぽいのだがな。

まったく、これからの旅が今から心配だ。しかし――悪くない。

どうにもエルフとして生まれ変わってからは、困り事を楽しむようになったフシがある。ましで悩《なや》み事も娘のことだ。放っておいてしまったとはいえ、娘とともにいられる事が嬉しくないはずもない。

武者《むしゃ》修行の旅がどのような様相に変化していくか、私には予想もつかない。だがそれは決して、困難であろうとも退屈《たいくつ》なものにはならないだろう――

第三十話　はじめてのデート

「それじゃあ、いつ例の計画を実行するかなんだけど」

ソーニャがそんな事を言い出したのは、いつも通りレティスとシェリルとソーニャの三人で集まり、お喋《しゃべ》りをしている昼下がりの事だった。

武術の修行も一段落つき、小腹も空《す》いてきたこの時間、三人が集まるのは恒例《こうれい》の行事となっている。

いつも集まるメンバーの中心ともいえるスラヴァがこの場に居ないのは、いつも彼だけがより長く修行を続けているからだ。彼女らと修行をしたあと、統括《とうかつ》として自分自身で行う修行を始める。それが、いつもの彼の日課である。

修行を終え、スラヴァがいないというこの時間は、共通の想い人を持つ彼女達にとっては少し貴重な時間であった。スラヴァに聞かれてはマズイことを面白おかしく話す。武術に打ち込んでいるとはいえ、彼女達もまた若い女の子なのだ。

しかし前置きをせずに突然《とつぜん》計画やらといい始めたソーニャに対してシェリルは首を傾《かし》げ、

レティスは呆《あき》れの色を表情に映す。

またおかしな事をいい始めたわね。そんな思いが、表情から見て取れる。

「またおかしな事をいい始めたわね」

知らずのうち、レティスは思ったことを口に出していた。

ソーニャが突然何かを話しはじめる時は、大抵《たいてい》ろくでもない事を考えていると知っているのだ。

「最近レティスちゃん、冷たくない……？」

「……だってソーニャが突然何かをいい始めると、大抵ろくな事にならないんだもの」

「料理勝負の時とか？」

「それはもう忘れて！」

ソーニャが例に出した『料理勝負』もそのうちの一つだ。その時レティスは想い人に殺人料理を見舞《みま》うことになってしまったのだが――閑話休題《かんわきゅうだい》。

突然なソーニャの発言だが、レティスはその『計画』という言葉に聞き覚えがあった。

シェリルは首を傾げているが、レティスは武術大会の前に話していたことを思い出していた。

「胃袋《いぶくろ》を摑《つか》むのは重要だよー？　っと、それはいいんだ。計画っていうのは、武術大会の前にお話ししたことだよ！」

レティスの思っていた事は、当たっていた。

それ即《すなわ》ち——

「いってたよね？　大会で一番成績が良かった人がスラヴァ君とデートできるって。エルフの国にいるうちに済ませとかなきゃなーって」

スラヴァとのデートをかけた戦いのことである。

そういえばそんな事を話していたと思い出したレティスの顔が、朱《しゅ》に染まる。

逆にシェリルは口を三角形に変え、ぽんと手を叩《たた》いた。

「うあ、おぼえてたのね……」

「スラヴァくんとデート……！」

その反応も様々である事に、ソーニャは楽しそうに笑みを浮《う》かべる。

幼さ故《ゆえ》にその言葉の重みに気付かず喜んでいるシェリルと、シェリルよりも成熟《せいじゅく》しているがゆえに顔を真っ赤にするレティスの対照的な反応は見れば思わず頬《ほお》がゆるむものだろう。

しかし、レティスが頭にスラヴァと腕《うで》を組む自分を想像し始めたころ、聡《さと》い少女はあることに気がついた。

「……でも、なんで今なの？　黙《だま》ってれば、良かったのに」

それはソーニャ自身が今になってこの計画を口にしたということである。

初戦で敗退したソーニャは、どうあってもこの戦いの勝者に与《あた》えられる権利を得ることは出来ない。

レティスの口から溢《あふ》れてきた疑問に、ソーニャはばつが悪そうに笑った。

「え？　いやー……私も黙ってれば忘れちゃうかなと思ってたんだけどさ。これ勝負事でしょう？　だったら黙ってるのってフェアじゃないなって思ってさ」

彼女らしいその理由に、レティスは小さく鼻を鳴らした。

ソーニャはレティスの知り合いの中でも、一二を争うほど女の子らしい少女だ。

同性でも最初は驚《おどろ》いて、胸が高鳴る様な美しさに、活発でお洒落《しゃれ》好きな性格。その人柄《ひとがら》を知らぬうちは、ちょっとした憧《あこが》れも抱《いだ》いていた。

だが、その裏で、彼女は立派な武術家だった。また少し尊敬してしまうなと、レティスは息を押し出す。

「そういえば、そうだった……」

ソーニャの理由に、シェリルもはっとなる。

最も成績が良かった一人が、スラヴァとデートをすることができる。その事実に気付いたのだ。しかし――

「だったら、私もスラヴァとはデートできないわね」

レティスは少しだけ悔《くや》しそうに、けれどそれ以上に清々《すがすが》しくそういった。

「どうして？　わたしとレティスが勝った回数、いっしょだよ？」

レティスの辞退に異を唱えたのは、シェリルであった。勝負事ゆえにフェアなのは、この少女も同じだ。純粋《じゅんすい》に疑問がある。邪念《じゃねん》のない瞳《ひとみ》を、レティスは素直に綺麗《きれい》だと思った。

「……そうだけど、試合の内容が違《ちが》うもの。あのアルマ様相手にあそこまで戦えるなんて、正直憧れたわ。きっと私とシェリルが戦っても『まだ』勝てないしね」

故に、彼女もまた、フェアであった。

だが、その言葉にはそれだけではない思いも込められている。

「でも、絶対いつか勝つから。覚えてなさい」

攻撃《こうげき》的な笑みをもって続けられる言葉に、シェリルとソーニャは笑みを作った。

実力的には一歩後ろを行くレティスだが、その心の強さはシェリル達にも決して引けを取ることはない。

「あは、まってるからね」

「レティスちゃんからの宣戦布告は珍《めずら》しいね。楽しみにしてるよ」

だからこそ、二人はその挑戦《ちょうせん》を挑戦として受け入れた。

友人以上に、武術家としての友情がそこにはあった。

「あ、でもさ、どうやって頼《たの》むの？　スラヴァはこの賭《か》けも知らないんでしょ？」

……と、いってもだ。やはり賭けそのものの内容も、気にならないわけではない。

そういえばと質問をするレティスに、ソーニャはなんでもないように答えた。

「え？　普通《ふつう》に頼むんだよ。デートして、って。なんだかんだで押しに弱いし、多分いけるよ」

「ノープランだったの⁉　大丈夫《だいじょうぶ》かしら……」

そのあまりにもあっけらかんとした様子に、レティスは思わず突っ込《こ》みを入れる。

ソーニャは手を振《ふ》りながら笑う。

「なーに、シェリルちゃんが頼めばスラヴァ君も断れないはずだよ。私達が頼む場合はシェリルちゃんを誰《だれ》に任せるかってなると思うけど、自分で見るっていうならきっと断る理由はないよ」

しかし、ソーニャもソーニャなりに考えが無いわけではない。

軽い調子でいうソーニャの言葉はいまいち信用出来ないレティスだったが、とりあえずはやってみてから文句をいおうと腕を組んだ。

ちなみにというと、当のシェリルはその後のことが楽しみなようで、ずっとそわそわしている。

「んふふ、まあ見てなって。じゃあ早速《さっそく》行こうかシェリルちゃん。善は急げだよ！」

「おー！」

元気の良い二人に対し、レティスは呆れた様子だったが――一つ息を吐《は》き出すと、呆れの中にも楽しんでいる様子が見て取れた。

なんだかんだといって、友人と動くのは楽しいのだろう。

こうして三人は元気よく動き始めた。

しかし、一見気楽に見えるソーニャだが――その脳裏《のうり》には、一つの大きな障害の予感があった。

（……間違いなく一悶着《ひともんちゃく》あるだろうなあ）

その予感は、外《はず》れていてほしいというソーニャの願いとは裏腹に当たっていた。

気付かれないようにため息を一つ吐き出したソーニャは、天を見上げるのであった。

◆

「ねえスラヴァくん。デート、しよう？」

日々の鍛錬《たんれん》を終えた私の元へやってきたシェリルが最初に発したのは、そんな一言であった。

またソーニャが何かを吹《ふ》き込んだのだろうか。色々と考える私だが、それよりも先に微笑《ほほえ》ましい思いが浮かんだ。

両手を胸の前で握《にぎ》りしめ、顔を僅《わず》かに赤らめていう様は非常に可愛らしい。背伸《せの》びをしているように見えるのは、きっとその通りなのだろう。

シェリルもそういうことに興味を持つ年頃《としごろ》になったか、と。成長を喜ぶ気持ちでその申し出を受け入れようとした私は——

「で、で……デート……だと⁉」

隣《となり》に、いろいろとこじらせた娘《むすめ》がいる事を忘れていた事に気がついた。

……ああ、これは面倒《めんどう》なことになりそうだ。勝手に開こうとした口をなんとか押さえ、私は諦《あきら》めたように眼を閉じた。

「デート、だよ？」

眼をぐるぐるとさせながら叫《さけ》ぶアルマに対し、シェリルは落ち着いたものだ。デートという言葉が本来どのような意味を持つか、まだあまり深く分かってはいないのだろう。

……それはさておき、これは参った状況《じょうきょう》だ。

アルマは私に関することではどこまでも子供っぽいからな。親としては嬉《うれ》しい事なのだが、なんだか最近は違うような気がするのが困ったところである。

「そ、そ、そんな事をするにはまだ早いだろう!?」

何を思ったか、顔を真っ赤にして反論するアルマに余裕《よゆう》は感じられない。

……自分でもいっておろうに、シェリルにまだ本来の意味でのデートは早かろう。一体何を想像しておるやら。

「まあ良いではないか。二人で街に出るだけだ。お前は何を考えておる？」

呆れ半分、娘を可愛いと思う気持ちが半分で私の顔には苦い笑みが浮かぶ。

そんな私へと振り返り、アルマは身振《みぶ》り手振りで驚きと混乱を露《あら》わにしている。

「し、しかし……そ、そうだ！　コロッセオでの一件から、師匠《せんせい》は色々な方に探されておりますよ!?　街へ出てしまうと、少々面倒なことになるのでは……？」

しばらくすると、アルマは驚きの表情の中にぱっと照明を光らせた。

この子は昔から、私が女性と出かけようとするとあの手この手で妨害《ぼうがい》をする。親を取られると心配する子供の気持ちだと思っていたのだが——流石《さすが》にこれは将来が心配になってくる。

……だが、そういえばそうだったな。タリスベルグを退《しりぞ》けた、という事でミラフィアは私を探しているらしい。

もしも見つかってしまうと、アルマのいう通り面倒臭《めんどうくさ》いことになるのは間違いないだろう。それは避《さ》けたいところだが——しかし、隙《すき》あらば私の名を売ろうとしているアルマがこうまでいうとは……幼子と遊ぶというだけの事がそんなに嫌《いや》か。

最近のアルマは、どうにも吹っ切れすぎていていかんな……そうとは知らずとも、かつて私に思いを告げてしまっているので、今更《いまさら》これくらいといったところなのだろうか。

「アルマ様……」

あまりはっちゃけた姿を見せると、それによりショックを受ける者も多いということをもう少し自覚してもらいたいのだがな。

しかし、アルマのいう事ももっともだ。確かにこの状況ではおいそれと街を歩くことも出来ない。されど、頑張《がんば》ったシェリルが褒美《ほうび》にとそれを望むのならば応《こた》えてやりたいという思いもあるし、さてどうしたものか。

などと考えていると、ソーニャが不敵に笑い始めた。

「ふふん、その点は心配要《い》らないよ。要はスラヴァ君があの時の武術家だ！　って気付かれなければいいんだよ」

その声は、顔はまさに自信満々といったところ。誰しもの目が集まるのを確認してから、ソーニャは高らかにいった。

「去年のタキシード、まだあるよね？　アレを着てさ、そうだな……眼鏡《めがね》でもかければ、殆《ほとん》どの人は気が付かないんじゃないかな！」

皆《みんな》が注目したその案は——変装するというシンプルなものだった。

タキシード、という言葉に、去年少しだけ袖《そで》を通した衣装を思い出す。

シンプルではあるが、確かに悪くはないかもしれんな。殆どの者は私を遠目に見ただけ、というのもある。案外これはいけるかもしれぬ。

「勿論《もちろん》、シェリルちゃんもドレスを着る。お洒落《しゃれ》をしてお出かけすれば、立派なデートになるよね？」

ソーニャが続けた言葉は、確かにそうだと思えるものだった。

成程、お洒落か……それは特別感もあって良いかもしれぬ。

それに——ソーニャの案を聞くシェリルの目は、そこらの星々がくすんで見えるほど綺麗に輝《かがや》いていた。

「う、うう……ぬぬぬ、おのれソーニャ……」

「ふふーん。女の子同士の約束、邪魔《じゃま》はさせないよアルマ」

しい。

……知らぬ間に、アルマとソーニャは互いを名前で呼び捨てにする関係になっていたらしい。

ただその関係は、シェリルとソーニャのそれよりも、私とチェスターのそれに似ているような気がした。まあ、なんだ。喧嘩《けんか》するほど仲が良いとはいうし、険悪なものではないのだから良いだろう。

とはいえ、このままでは一戦始まってしまいそうだ。そうなると、また話が脱線《だっせん》してしまう。

「まあ、まあ。その辺になさい。……ソーニャ、いい案だな。私としても、それならば問題が無いと思う。アルマよ、私も友に褒美を与《あた》えてやりたいのだ。ここは譲《ゆず》ってくれんかね」

睨《にら》み合う二人を手で制するように、割り込んでいく。

「でしょ？　やっぱりデートの基本はお洒落だよね」

元々ソーニャはシェリルの応援《おうえん》に入っていたからか、ソーニャは案に賛同するとあっさりと引いていった。……これを予想していた部分もあるな。全く……この子には勝てぬわ。

アルマの方は、それでも少し納得がいっていないようだ。しかし――

「……わかりました。師匠《せんせい》がそう仰《おっしゃ》られるならば……」

納得がいっていないことを匂《にお》わせつつも、静かに身を引いていく。

昔から、アルマは私のいうことに反対することはあまりなかった。勿論、私をどうにかして有名にしようなど、ものにはよるというところもあったが――こうまで反対するのは、初めてかもしれない。

小恥《こは》ずかしい部分もあるが、それだけ強く思われているということなのだろうな。

……私はどうすればよいのだろうか。確かに元はといえば私達は本当の親子ではないが、それでも私は思う限りこの子を娘として扱《あつか》ってきたつもりだ。

だが、今生《こんじょう》では養子と義父という関係も一度は切れてしまった。

そして私は、そんなアルマから思いを告げられている。

……アルマを、一人の女性として見てやるべきなのだろうか。この子が真に望むのは、どちらなのだろう。どうすればよいか、この未熟な私にはわからん。

「如何《いかが》なさいましたか？　師匠《せんせい》」

顔に出ていたか、気がつけばアルマをはじめとして、皆が私の顔を窺《うかが》っている様子が見えた。

……いかんな。難しい事を考えるとすぐ顔に出てしまう。

「いいや、なんでもない」

軽く頭を振るい、ほほ笑みだけでも作る。なんとも難しい問題を投じてくれたものだ。

だが、いずれは答えを出さねばなるまい。いつの間にこんなにも考えることが増えたのやら。

けれど、今は……首を傾《かし》げるこの友人を、精一杯《せいいっぱい》楽しませてやることを考えよう。

「のうシェリルや」

「……？　なーに……？」

「明日《あした》は、目一杯楽しもうな」

「……！　うんっ！」

うむ、うむ。やはり私はこの子の笑顔には勝てんなあ。

私はぶすっとむくれるアルマに少し申し訳ない気持ちを抱《いだ》きつつ、それでも今はこの小さな友人をどう楽しませてやるかをできる限りで考えるのだった。

◆

「うーむ……やはり着慣れんな……」

デート当日。シェリル達が待つエントランスへと向かう中、私は襟《えり》を正しつつ苦々しい声で呟《つぶや》いた。

エルフにとっての一年というのは、非常に短いものだ。身体の大きさは変わっていないというのに、前に感じた以上の動きづらさを感じる黒い礼服に、苫々しい顔をしてしまう。

どうにも私はこういう余裕のない衣服を苦手に感じてしまうようだ。普段《ふだん》から動きやすい衣服ばかりを好んでしまうので、自然と余裕がある衣服を着ることが増えてしまうせいだろうか。

「だがこの顔はいかんな……」

しかしそれとこれとは話が別。シェリルはこれをデートといっていた。ならばそれをエスコートする男が苦々しい顔をしてはならん。

一応、これでもこういった経験は少しはある。昔培《つちか》った心得が通じれば良いのだが――頭の中で軽くデートとは何たるかを思い返しつつ、エントランスへと向かう。

長い廊下《ろうか》を歩くと、やがて広々とした空間が広がり――そこには、あの紅《あか》いドレスに身を包んだシェリルが待っていた。

やはり、着飾《きかざ》ったシェリルは高貴な気を纏《まと》っているというか……不思議な魅力《みりょく》があるな。

同じ年頃の少年を一息で魅了《みりょう》してしまいそうな可愛らしさだ。これは悪い虫がつかぬよう注意しておかねば。

もしも何かあった場合は、チェスターの奴《やつ》と手を組んで……などと考えていると、私は階段を降りきっていた。それを待ち望んでいたかのように、シェリルが抱きついてくる。

「スラヴァくんっ！」

「ああ、おはようシェリル。待ったかね」

「んーん！」

何時《いつ》にもまして、シェリルは元気だ。いつもの眠《ねむ》たさも感じさせずはしゃぐさまは、前世でアルマを連れて街に出た時を思い出す。

……と、これはデートだったな。子に接するような気持ちではいかんか。

態度に出る前に自分を戒《いまし》め、視線を上げると、アルマやソーニャ達と目が合った。

「な……なんと凜々《りり》しいお姿……！　師匠《せんせい》、アルマは幸せです……っ！」

「は、はは……大げさだなお前は」

私の姿を見るやいなや、涙《なみだ》を滲《にじ》ませて手を合わせるアルマに、肺から噴《ふ》き出してくる勢いのため息をなんとか留《とど》める。

嗚呼《ああ》、あの凜々しかったアルマは何処《どこ》へ。

今までの思い出とともに浮《う》かんできた頭痛を手で押さえるのは、止めることが出来なかった。

「いやー……でもほんとよく似合ってると思うよ。はい、眼鏡。度は入ってないって」

「ソーニャにそういってもらえると、少しは自信が持てるよ。ありがとう」

流石にソーニャは二度目だからか、少しは慣れているようだ。自分ではまだ服に着られている感覚が抜《ぬ》けないのだがな。やはり女性と男性では目も違《ちが》うのだろう。

渡《わた》された伊達《だて》メガネのレンズに触《さわ》らぬよう、私は丁寧《ていねい》な動作でそれをかけた。

……ふむ。度は入っていなくとも、硝子《ガラス》を隔《へだ》てた光景は違って見えるものだな。

「ふああ……！　す、素敵です師匠《せんせ》ぇ……っ！」

……見たくないものもあったが。

今まで見たことがないくらい輝いた目をしたアルマに、今度こそ私はため息を吐《つ》いてしまった。

この子はどこへ向かおうとしているのだろう。アルマを女性として見る、見ない以前に、もう少しばかり落ち着かせるべきだとは思う。

しかし今日はシェリルが主役。デートが始まる前から疲《つか》れた顔もしていられん。

正面からシェリルを見据《みす》えると、シェリルはじっと瞳《ひとみ》を見つめ返してきた。

「どうだ、似合うか？」

「……うん」

僅《わず》かな躊躇《ためら》いを混じらせてそう聞くと、シェリルは穏《おだ》やかに微笑《ほほえ》んだ。

幼いというのにどこか妖艶《ようえん》さを感じるのは、彼女の見た目が浮世離《うきよばな》れしているからだろう。

普段の動きやすい服とは違った、美しさを目的とした衣服に身を包んだシェリル。そこには、欲《よく》とは離れた美しさがあると思った。

「ありがとう。……では行くか。今日は、よろしく頼《たの》むぞ」

「はいっ！」

だが、それも良いが——やはり、シェリルの魅力はこの純真さだろうと思う。

これは、最早《もはや》私には逆立ちしても手にはいらないものだ。

いつかは彼女も大人になるのだろうが、ならばその手伝いをしたいと思う。

「行ってくるぞ。夕方までには帰ると思う」

「うん、行ってらっしゃい！　これはデートなんだからね、その辺忘れちゃダメだよ？」

「分かっているとも」

出立《しゅったつ》の挨拶《あいさつ》をかけると、釘刺《くぎさ》しとともに返事が返ってきた。普段の私を見れば仕方がないだろうが、手厳《てきび》しいことだ。

……しかし、私とてそれなりの礼儀《れいぎ》は心得ているつもりだ。

見ていろ……というと本当に見にきそうで困るから言わんが、今日は私の全力を見せてやる……！

表情は穏やかに、心中では気合を入れて。

玄関《げんかん》のドアを開け放つと同時、私の戦いが始まるのであった……！

◆

シェリルとのデートが始まって暫《しばら》く。

私達はアルファレイアにある商業地区をぶらりと歩いていた。

いつも通りの服装であればシェリルが喜びそうな、身体《からだ》を使う遊びを探して娯楽《ごらく》の集まった地区に行っていたのだが、生憎《あいにく》と今日は正装だ。

激しく身体を動かすにはふさわしくない服装なので、商業地区を歩きながら気になる店を探そうとここを訪れたというわけだ。

まだシェリルには物珍《ものめずら》しい物も多いらしく、その視線は頻繁《ひんぱん》にあちらこちらを行き来している。

この人通りの多さで視線をころころと変えるのは、少し危険を伴《ともな》うのだが、せっかくシエリルが喜んでいるのだ、それをいうのは野暮《やぼ》というものだろう。それ故《ゆえ》、私はシェリルが歩くのを陰《かげ》ながらサポートしていた。

シェリルには比較的《ひかく》人通りの少ない建物側を歩かせ、常に進行方向へ気を配る。

その気配りあってか、シェリルの視線はなおもせわしなく動き続けている。普段あまり見せないような表情を見れば、楽しんでいると見ていいだろう。まずは前提条件をクリアといったところか。

……なあ？　お前達の予想よりか上手《うま》く動いているだろう。

離れた場所から感じる二つの視線に返事をするように、私はとある方向へと視線を送った。

そんな事をしなくても恐《おそ》らく片方は言葉で伝えることができるだろうが、もう片方はそうはいかないはずなので、私は目で気持ちを伝えることにした。

はあ、まったく――まさか本当についてきてしまうとは。

遠くにいるアルマとソーニャの視線に、ため息を吐きそうになる。私は今日何度ため息を飲み込めばよいのだろうか。

ともかく、シェリルには気取《けど》られるわけにはいかんな……

「スラヴァくん？」

「む？　どうしたかね」

心中ではため息を吐きつつも、顔では笑みを崩《くず》さない。長く生きていれば、意識をして表情の一つや二つを操《あやっ》るのはわけがない。

「んーん、なんでもないっ」

私の笑みを見てか、シェリルは目を瞑《つぶ》って笑った。

……危ない、よそ見をしていたところを見られたか。この様子だとシェリルはあまり気にしていないようだが、自己採点に減点一だな。

飽《あ》くまでも今日はシェリルが主役。今日ばかりは追跡《ついせき》してくる二人も気にしてはいられない。感知能力に優《すぐ》れたソーニャがいる以上は、撒《ま》くことも出来ないだろう。ならば無視する他はないか。

ならば気を取り直して、元の目的に力を注ごう。

「……ふむ、なあシェリルよ。なにか欲しい物はあるか？　折角だ、思い出になにか買ってやるぞ？」

「……！　いいの？」

あちこちに目をやるシェリルにそう申し出ると、シェリルは輝《かがや》いた眼を勢い良くこちらへと向けてきた。

嘗《かつ》て、シェリルの部屋は——あちこちが損壊《そんかい》していたが——少女らしい趣味《しゅみ》が表れた部屋だった。ならば、この辺りだとなにか欲しい物があるはず。

「じゃあ、じゃあ、ぬいぐるみがほしいっ！」

私の見立ては、当たっていたようだ。

この辺りは、玩具《がんぐ》の店もいくつかある……というのもそうだが、シェリルのせわしなさが上がっていたからな。そのわかりやすさが、また可愛らしい。

「ああ、いいとも。どこか目星はあるのか？」

「うんっ！」

笑みをこぼしながらそう聞くと、シェリルは私の手を引いて足を早め始めた。

おやおや、逆にエスコートされてしまうとは格好がつかないな。小さく鼻を鳴らしながらシェリルについて行くと、そこは年季を感じさせる一軒の玩具屋であった。

「随分《ずいぶん》と素朴《そぼく》な店だが、ここで良いのか？」

「うん！　ここのね、このぬいぐるみがほしいっ！」

どうやら、何がほしいかも決まっていたようだ。

シェリルが指差す硝子の向こうを見ると、そこには目付きの悪い猫《ねこ》のぬいぐるみがあった。

お世辞にも、あまり可愛らしいとはいえないが——あんなもので良いのか？　という言葉は飲み込んだ。この勢いだ、何かしら理由はあるのだろう。

僅かにシェリルよりも先行し、店のドアを開ける。元気よく店に入ってきたシェリルは、早足でぬいぐるみへと向かった。

急いでいる割には優しく、細心の注意を払《はら》ってぬいぐるみを抱《かか》え上げるシェリル。

……ちらりと見た値段の方は、随分と控《ひか》えめだった。確かに見た目からすると妥当《だとう》な値段ではあるが——育ちの割に、随分と素朴な物を選ぶのだな。

「これ、くださいっ」

だがそれだけ、値段に迷わされずに本質を選んでいるというものか。

……しかし本当に可愛げのないぬいぐるみだな。形状は丸っこくて可愛らしいのだが、いやに目付きの悪い顔が台無しにしている。

なんというか、闘争心《とうそう》に溢《あふ》れた顔というか……ううむ、本質とはなんぞや。

「あいよぉ……おや、兄妹《きょうだい》かね？」

シェリルに掲《かか》げられている猫とにらめっこをしていると、店の奥から気の良さそうな老婦人が現れた。恐らくはこの店の店主だろう。

「ちがうよ、デートだよっ！」

「ほうほう、可愛らしい恋人《こいびと》さん達だ……おや？」

はしゃぐシェリルに微笑む店主は、私の顔を見つけると、細い目を開いた。

どこかで会ったか？　などと考えていると、店主は再び元の柔和《にゅうわ》な笑顔に戻《もど》り、笑い声を上げた。

「はっはっは、成程成程、坊《ぼう》やはこの黒猫に似ておるねぇ」

何がおかしいのか……と思えば、店主の口から飛び出したのは思いもよらないことだった。

わ、私がこの目付きの悪い猫に似ていると？

「そうなのっ！　スラヴァくんそっくり！」

「⁉」

しかも、それをシェリルにまで勢い良く肯定《こうてい》されてしまう。

そ、そんなに似ているのだろうか……？　少なくとも今日は笑みを絶やさずにいたと思うのだが……

「気位の高そうな目がそっくりじゃゃて……それで、どうするんだい？　そいつを買っていくのかね」

「うん！」

眼鏡《めがね》をしているにも拘《かか》わらず初対面の者にまでいわれるという事は、よほど似ているのだろう。

ううむ、ショック……という程ではないのだが、複雑な気分だ。あの猫と、か……

「そうかいそうかい。そいじゃあ、そいつはお安くしておこうかのう。仲間がいるんなら、そいつも寂《さび》しくないじゃろう」

「そ、それ程似ていますか？」

「ああ」

「うん」

「……そ、そうですか」

よほど、似ているらしい。

シェリルはいたくぬいぐるみを気に入っている上、安くしてくれるというのだからいうことはないのだが――ないのだが、この気分は何だ。

結局、黒猫は提示されている半分の値段で売ってもらえることとなった。

この後食事する予定もあるということでぬいぐるみは包装してもらい、上機嫌《じょうきげん》で黒猫が入った袋《ふくろ》を抱《だ》くシェリルの空《あ》いた手を引き、店を後にする。

「ああ、坊、ちょいと」

しかし、丁度ドアを開けたくらいの所で、私は店主に呼び止められた。

シェリルの手を摑《つか》んだまま、失礼を承知で顔だけを向けて返事をする。

すると、店主は私に向けていった。

「大切にするんだよ」

その目はどこか真剣《しんけん》で——私は、一旦《いったん》シェリルの手を放し、正面から店主を見据《みす》えた。

「……ええ、折角お安くお譲《ゆず》りいただいたのですし、大切に扱《あつか》います」

なるべく礼儀《れいぎ》正しく、私はエルフの老婆《ろうば》に頭を下げる。

下がった私の頭に店主が返したのは、笑いだった。

「それもそうだけど、自分のことだよ。坊は無茶しそうだからね。お前さんが無茶したら周りの皆《みんな》も悲しむって事を忘れちゃだめだよ」

私を知るようなその言葉に、思わず頭を上げて目を丸くする。

柔和な笑みを戻していた店主は、ちょいちょいとシェリルを——いや、シェリルの抱える袋を指差した。

……成程、私も歳を食ってきたつもりだが、重ねた年の功ではやはりエルフのご老人には敵《かな》わんな。

「はい、肝《きも》に銘《めい》じておきましょう」

「おお、おお。それじゃ、元気でやるんだよ。お嬢《じょう》ちゃんもね」

「はいっ。ありがとうございました！」

シェリルも行儀《ぎょうぎ》よく頭を下げ、礼をする。

そこでようやく私達は古びた玩具屋を後にした。

……不思議なご老人だったな。だが、温かかった。

「さて、ではそろそろ食事にしようか。なにか食べたいものはあるか？」

「ごはんっ。あのね……えっと……」

温かい気持ちを胸に、私達は再び歩き始めた。

自分を大切に、か。それを聞いたのは何度目か覚えていないが――こんなに胸に染み入ったのは初めてだった気がする。

そう、今の私は一人の身ではない。私の身に何かがあったら、きっと悲しんでくれるだろうと思える者達が沢山《たくさん》いる。……特に、アルマには親の死を二度も見せるわけにはいかんしな。

「シェリル」

昔は賑《にぎ》やかであることを煩《うるさ》いと疎《うと》んだこともあったが、今ではそれがなんとも――

「なあに？」

「私は、楽しいよ」

「……えへへ、そっか」

楽しい。シェリルが、ソーニャが、きっとアルマが笑っていてくれるだけで、温かい気持ちになれる。

長年忘れていた──いや、見ぬふりをしようと思っていたものに気がつけた気がする。

デートの続きをするため、私達はアルファレイアの街を歩いて行く。

ゆっくりとシェリルと歩む道は、それだけで楽しく感じるのであった。

第三十一話　はじめの話

とある日の昼下がりのこと。

修行に一段落をつけた私達は自由時間を取っていた。

といっても、私もあまり趣味《しゅみ》のない人間だ……と、今はエルフか。ともかく、特にすることも見つからず、私はカドマス殿《どの》の屋敷《やしき》内をぶらぶらとしていた。

いつもならば誰《だれ》かしらが傍《そば》にいるのだが、今日は珍《めずら》しく誰も訪《たず》ねて来ない。身軽な状況に心地よさを感じると同時に僅《わず》かな寂《さび》しさを感じるのは、私も現状に慣れてきた証拠《しょうこ》だろうか。

しかし──

「アルマが傍にいないのは、久しぶりな気がするな」

いつもべったりと私にくっついて離《はな》れない娘《むすめ》の姿が無いというのは、何やら良くない予感を抱《いだ》かせた。

正体を明かしてからというもの、アルマは前以上に私に懐《なつ》いているからな。

人間でいえばアルマもまだ二十歳《はたち》になったくらいだ。まだ親離れが出来ていない子を数十年単位で放っておいたゆえ、致《いた》し方《かた》無いとは思うし、放っておいた分くらい甘えさせてやろうとも思う。

それでも最近の執念《しゅうねん》すら感じさせる様子には困っていたのだが――そんな状態が、暫《しばら》くは続くと思っていたのだがなあ。

まあ、親離れの機会になるのならば良いのだが、少し寂《さび》しい気もする……と。

中庭に出た所で、アルマ達を見つけた。シェリルにソーニャ、レティスもいる。

今日は私のもとに来ないと思っていたら、女子で集まって何かを話しているようだ。

何やら得意げな顔をしているアルマに、皆して興味有りげな顔を近づけている。

アルマとソーニャはお互《たが》いがお互いを牽制《けんせい》しあっているような雰囲気《ふんいき》があるので、ああして仲よさげにしているのは私としてはとても嬉《うれ》しいところだ。

さて、何を話しているのだろうか。話の内容は気になるが、わざわざ女子で集まって話しているようなことだ。私が耳を立てるのも野暮《やぼ》というものだろう、

新しい時代を引っ張っていく武術家同士、親交を深めてくれると嬉しいのだが――若い者同士、仲良くやってくれ。思わず零《こぼ》れた笑みに少女たちが気付く前に、私は背を向けた――が。

「ふっふっふ、では語ってやろう！　私と師匠《せんせい》の出会いはだな！」

勝ち誇《ほこ》った声で叫《さけ》ぶアルマの声が、私の身体《からだ》を反転させた。

若い者同士の話に首を突《つ》っ込《こ》むつもりはなかった。しかし、それに自分の過去が絡《から》んでいるとなれば話は別だ。

いや、それだけならよい。問題は、それがアルマの口から語られるという事だ。

「これアルマ」

「あっ……師匠《せんせい》！　お疲《つか》れ様《さま》ですっ！」

看過できずに声をかけた事で私の姿を見つけたアルマがぱあっと笑みを浮《う》かべる。急いで椅子《いす》から立ち上がったアルマは、そのまま私に頭を下げた。

娘であり弟子《でし》であるとはいえ、この間まで教師として接していた者にこんな扱いをされると少しばかり妙《みょう》な気分になるが——それよりも。

「お前は、今何を話すつもりだったのだ？」

「はい！　私と師匠《せんせい》の馴《な》れ初《そ》めを、彼女達に聞かせようかと！」

頭を上げたアルマは、満面の笑みを浮かべていた。

……うむ、多分不安は的中することになっていたな。

「馴れ初めは無いだろう……やはり、声をかけて正解だったな」

「……？　何故《なぜ》ですか？」

この分だと、自覚もないらしい。

馴れ初めは……言葉の用法を間違《まちが》えただけだと思いたいが……

「いや……お前に話をさせると、事実とは違《ちが》う何かが語られるような気がしてな。物事がひどく大げさになって伝わりそうだ」

「なんと……っ！　酷《ひど》いです、師匠《せんせい》！」

「当たり前の事だ。今の世に伝わる私の話を聞いて、私がどれだけ赤面したか……」

頭痛がしたような気がして、額を押さえるとアルマは目をそらして笑う。

……いくらか自覚はあるのか。やはり止《や》めさせて正解だった。

「ねー、結局どうなのさー。話してくれるの？　くれないの？」

「スラヴァくんの昔話……ききたかった」

「む……」

だが、少女達は私の行動に不満があるようだ。

私の昔話など、聞いても面白いものではないと思うのだがなあ。

しかし、そういえば、この子たちに私の前世を語ったことはあまりなかったな。

……ふむ、これも良い機会か。

「ならば、私が代わりに話すというのはどうだ」

「えっ⁉」

何気なくいった私の言葉に、ソーニャはひどく驚《おどろ》いていた。シェリルとレティスは目を輝《かがや》かせているが、アルマも少しばかり驚いている様子がある。

「なんだ、そんなに意外かね？」

「それは……まあ。スラヴァ君って、あんまり昔のことを語らない感じがあったし……」

「ここでは隠《かく》す必要が無いからな。事情を知らない者に聞かれれば、頭の病気を疑われそうな話だから、話さないというだけだ」

事もなげにいう私だが、内心ではその驚きようも仕方がないかもしれないと思っていた。

思えば、私はこの姿になってから、自分の過去に触《ふ》れないよう生きてきたのかもしれない。

……誇るものでこそないが、自分の過去は決して恥《は》じるものでもないと思っている。

間違いだらけの人生ではあったが、我が師匠や、チェスター……そして、アルマとの出会いは、私には大切な宝物だ。

そんな宝物から埃《ほこり》を払《はら》うのも、たまには必要だろう。

「では、どこから話そうか。……そうだな、とりあえずのところは、アルマとの出会いからにしておこう」

気がつけば、皆の視線は私に集まっていた。その瞳《ひとみ》は、教師の話に聞き入る熱心な生徒のようで、余計に昔――シジマ流の師範《しはん》であった頃《ころ》を思い出させた。

……いやアルマ、お前は覚えておろうに、何故シェリルたちと同じ目をしている。

まあいいか。気を取り直そう。

「あれは私が五十歳を迎《むか》えた頃の話だったか――」

頭の中に、昔の光景が描《えが》かれていく。浮かんだ景色からどこか色が落ちているのは時間の経過で褪《あ》せただけではなく、あの日が雨だったせいもあるだろう。

静かに閉じた私の瞼《まぶた》の裏は、エルフにとってはついこの間の――はるか昔の人間の国へと戻《もど》っていく。

◆

「長い雨だな」

絶え間なく続く雨の音の中、背で重く響《ひび》いた師の声に振《ふ》り返る。

この国ではあまり見ることの無い――獣人《じゅうじん》の国で見るような変わった部屋の中。我が師イワオ＝シジマは厳《おごそ》かにそこに『正座』していた。

顔は私の方を向いていないが、この声は私にかけたものなのだろう。

私は身体を向け直し、師に声を返す。

「ですな。もう丸一日以上にもなる。そろそろ外も走っておきたいところですが」

流石《さすが》の師匠でも、この長雨には気疎《けうと》いものがあるらしい。

室内で出来る運動というのは限られているので、いい加減走り込みなどの基礎《きそ》訓練も進めておきたいところである。

そんな事を言うと、師匠は此方《こちら》に顔を向け、小さく鼻を鳴らした。

「お前はそればかりだな、体力馬鹿《ばか》め。単純に気分が落ちるという話だ」

刺《とげ》のない言葉で私を揶揄《やゆ》しつつ、師匠は笑う。毒が含《ふく》まれていないことはわかっていたので、師の言葉に苛立《いらだ》つことはなく――むしろ、どこか心地《ここち》良くもあった。

……師匠は、お孫さんが出来てから真に態度を柔《やわ》らかくされた。

以前纏《まと》っていた磨《みが》きぬかれた剣《けん》の様な態度はなりを潜《ひそ》め、今あるのは堅牢《けんろう》な鎧《よろい》のような安心感。人は、孫が出来るとこうも変わるものなのか、と思う。

勿論《もちろん》、それは悪いことではない。驚きこそしたが、最近の師匠は以前に増して素晴らしい方になられた。

まるで清流の様な落ち着いた空気は、正にシジマ流という武術を表しているようで——私もこうありたいと思わせる。

私にも孫が出来れば、見えてくる世界が変わるのだろうか。どのみち妻すらいないのでは、詮無《せんな》き話か。

「俺は少し出てくる。……ちと億劫《おっくう》だがな」

考え事をしていると、いつの間にか笑いを収めていた師匠が立ち上がる。

雨はまだ続いていて、当分止《や》みそうにない。

だというのに、億劫といいながらも師匠が出かけるということは——お孫さんに会いに行くのだろうな。

「承知しました。行ってらっしゃいませ」

「ああ……暫く、留守を任せたぞ」

このことでからかうと、あとが怖《こわ》い。私はそれでも浮かぶ笑みをなんとか抑《おさ》えつつ、顔を歪《ゆが》めながら出て行く師匠を見送った。

……さてと、留守を任されたからには、掃除《そうじ》でもするか——といきたいところだが、生憎《あいにく》とそれは先ほど済ませたばかりだ。

困った。留守番しかやることがない。この雨では来客もなさそうだ。これは大人しく待っているしかないか。

もう五十歳にもなるが、ただ待つという事はどうにも苦手だ。こんな事をしていて師匠に追いつけるのかと、つい焦《あせ》ってしまうのは悪い癖《くせ》だろう。

仕方がないので、静かにしておくか……と。そこまで考え始めたところで、私は僅《わず》かに眉《まゆ》を上げた。

……珍《めずら》しいことに、来客のようだ。それも少しわけがありそうな——

家の敷地《しきち》内に小さな気配を感じ、獣人の国から師が取り寄せた『タタミ』から腰《こし》を上げる。

殺気はない。魔力《まりよく》も然程《さほど》感じない。害意のある相手ではないようだが、呼びかける声がないことを考えると、私や師匠の知り合いではなさそうだ。

念のために警戒《けいかい》は保っておき、私は気配のする方へと移動する。

弱々しい気配の持ち主は——少女であった。軒下《のきした》で震《ふる》える肩《かた》を抱《だ》き、座り込む——青い髪《かみ》の、少女だ。

私が玄関《げんかん》の方から姿を見せると、少女は一度だけ大きく肩を震わせた。

怯《おび》えたような目で私を見上げる少女と目が合うと、少女は弱々しく口を開いた。

「……このお家の、方ですか？」

「少し違うが、そのようなものだ」

　少女の問いかけにそう答えると、少女は僅かに口を結んだ。身体を震わせているのは、長く雨に打たれたか。

　状況《じょうきょう》を鑑《かんが》みるに、恐《おそ》らくは雨宿りをしていたのだろう。雨宿りに異彩《いさい》を放つこの家を選んだのは——いや、家を選べなかったのは、余裕《よゆう》がなかったからだろう。

　目には力がなく、身体は震えている。この小さな少女では、もう立ち上がるのも難しいだろう。

　……流石にこれは見逃《みのが》せんな。

　師匠の家に勝手に見知らぬ少女を入れるとは無礼である気もするが、この状況で彼女を放っておけば、師匠は烈火《れっか》の如《ごと》く怒《おこ》るだろう。それを除いても、私にはこのか弱い少女を見捨てることは出来ん。

「あの、ごめんなさい……すぐ、どきますから……」

　私が家の者と知ると、少女は身体を震わせて立ち上がろうとする。だが、その腰は持ち上がる気配がない。

　……かわいそうに。親はどうしたというのだろうな。

　尚《なお》の事見捨ててはおけぬ。

「いや、よい。それよりも、濡《ぬ》れたままでは風邪《かぜ》を引くぞ。家へ来なさい」

「えっ……？　でも、わるいです……」

この期《ご》に及《およ》んで遠慮《えんりょ》をする、か。この少女はどのように育てられてきたのだろうな。怯えも見て取れるが、それ以上に感じるのは強い遠慮の念だ。

礼儀《れいぎ》正しい親のもと正《ただ》しく育てられてきた結果であってほしいが……と、あまり悠長《ゆうちょう》にもしていられぬな。子供の身体《からだ》に凍《こご》えるほどの寒さは酷《こく》だ。早く温めてやらねば。

そうと決まれば、まずは恐怖《きょうふ》を和《やわ》らげてやろう。

私は少女に目線を合わせるようしゃがみ込み、掌《てのひら》を見せるようにして差し出した。

……あまりの光景に気を取られて今気づいたが、少女の耳は尖《とが》っていた。エルフとは珍しい。だが今はそんなことはどうでもいい。ただ、この子を安心させてやりたい。

「何も案ずることはない。とりあえずは身体を温めては如何《いかが》かな。生憎と男の料理だ、簡素で悪いが、スープくらいは馳走《ちそう》しよう」

柔らかい表情を作り、ゆっくりといい聞かせるように言葉を紡《つむ》ぐ。

すると少女は、瞳に涙《なみだ》を溜《た》めながら、頷《うなず》いた。

「よし、決まりだな。なあお嬢《じょう》さん、名前はなんという？」

「……アルマ、です」

「そうか、いい名だな。では行こうかアルマ」

「はい……え、わ……！　だめです、汚《よご》れちゃいますよ……!?」

アルマと名乗った少女を背に負うと、はっきりとした冷たさを感じた。

同時に、羽のような軽さもだ。

……何か事情はあるのだろうが、この子の親は何をしているのだろう。僅かに牛まれる怒《いか》りを心の奥底へと追いやり、私はにこやかな声を出した。

「なあに、そんなことは気にせんよ。大人の背に揺《ゆ》られるというのも子供のうちしか出来んことだ、今のうちにやっておけ」

かんらと笑ってそういうと、背のアルマは弱々しく、私を抱《だ》きしめた。

雨の他に一つ、私の肩に雫《しずく》が落ちる。……いかんなあ、いかん。

「……おじさんは、変わってますね」

「む、おじさんか。……ククク、気がつけば私もそんな歳か」

背負ったアルマから『おじさん』と呼ばれ、笑いがこみ上げる。

アルマの声から力強さは感じない。けれど少しだけ、その声には楽しそうな色が混じっていた。出来ることならば、幼子には笑っていて欲しいものだ。

「おじさんは、幾《いく》つなんですか？」

「確か今年で五十になったたな。いつの間にか四十も終わっていたとは恐ろしいことだ」

……ついこの間三十路《みそじ》になったばかりと思っていたのだがな。

師匠がいっていた「二十歳《はたち》を過ぎると時間が早く感じる」というのは気のせいではないらしい。

私も歳を食ったものだ。このままではあっという間に老いさらばえてしまう——自嘲《じちょう》的に笑うと、背中のアルマも笑った。

「あんまり、歳が離《はな》れていないんですね」

その言葉は、私にとっては意外なもので。

そういえばこの子はエルフだったたなと思い出す。エルフは確か人間の十倍は生きると聞いたが、アルマも見た目と違い私くらい生きているのだろうか。思わず驚《おどろ》きに口を尖らせ、聞き返す。

「む……失礼だが、アルマは幾つなのだ？」

「十二歳、です」

だが返ってきた答えは、私がアルマの外見から受けた印象通りのものだった。

すると大雑把《おおざっぱ》に考えても四十以上離れていることになる。

「それでは四十歳近く離れているではないか」

「……？　たった四十歳……ですよね？」

それで歳が離れていないとは……ううむ、これも文化の違《ちが》いか。

長く生きる人々に囲まれて暮らしていると、斯様《かよう》な少女でもこういう時間感覚を持つものなのだな。

……と、それよりも早くこの子を温めてやらねば。寄り添《そ》うことで少しばかり温度を取り戻《もど》したか、アルマは先程よりも元気になっているが、まだ身体の芯《しん》は冷えたままだろう。

取り敢《あ》えずはどうすべきか――食事よりも先に風呂《ふろ》に入らせたほうがいいのか？　しかし師匠の家で好き勝手にやるというのも……うむ、師匠ならば許してくれそうだな。

こうして、私は一人の少女と出会った。人間の私からするとエルフの彼女は変わったところも多いが、この出会いが長い付き合いへと変わっていくことを、私はまだ知らなかった――

◆

「……私とアルマが出会った時の話というとこんなものか」

本を閉じた際に浮《う》き上がる空気のように、私は小さく息を吐《は》き出した。

こんなに長々と一人で――しかも自分の過去を語ったのは初めてかもしれない。

前世の付き合いは限定されていたし、その殆《ほとん》どが過去を語る必要がないほど長い付き合いだったからだ。

思い出の風景から帰還《きかん》するように、私は今ある風景に意識を傾《かたむ》ける。

するとそこには、これでもかと眼を輝《かがや》かせた熱心な生徒たちの姿があった。

「んー！　いいねえ、いいねえ。昔っからスラヴァ君は優しかったんだね！」

両手を握《にぎ》りしめ、身を乗り出すソーニャに、私は逃《に》げるように上体を引く。

シェリルはわかりやすく興味津々《きょうみしんしん》という顔をしているし、レティスもどこか興奮した眼をしている。

知人の過去というのはそうも面白いものなのだろうか？　いまいちよくわからないが――

ただ一人、感極《きわ》まって涙を流しているアルマを見るとどうでもよくなってくる。

何故《なぜ》話を知っているはずのアルマが一番大きな反応をしているのだろうか。

「ひぐっ……覚えておられたのですね、せんせぇ……」

どうやら、私があの時の事を覚えていた事が嬉《うれ》しかったようだが――号泣《ごうきゅう》するほどかとは思う。

　それを見てレティスが現実に引き戻されているではないか。これ以上いたいけな少女の夢を壊《こわ》すことはやめてやって欲しいものだが。

「それはまあ……他ならぬお前との出会いだからな、当然だろう」

　半ば呆《あき》れた顔でそういうと、アルマは溜めた涙を溢《あふ》れさせる。

「！　せ、師匠《せんせい》……っ！　アルマは嬉しいですっ！」

　大げさというかなんというか……将来が心配になるな。

　だが、それ以上に『私』が思い出話をするということは、アルマにとってスラヴァ＝マーシャルがスラヴァ＝シジマであるという確信になったのかもしれん。落胆《らくたん》しないためにも、どこかでここにある私という存在への不安があったのかもしれない。

「その、なんだ。放っておいてしまった私がいっても説得力がないかもしれんが、お前は大切な娘《むすめ》だ。お前との思い出も、私にとっては大切な宝物の一つだよ。そう簡単に忘れはせん」

「……っ！　師匠《せんせい》……っ！」

　しかしこれでは何時《いつ》までたっても話が進まんな。まあ私としてはここで終わりでも良いのだが——

「えっと、出会いはそんな感じだってわかったけど、アルマ様とスラヴァが親子になったのってどんな経緯《けいい》だったの？　私としてはそっちのほうが気になるんだけど」

この子達も話好きだ。この程度では満足せんだろうな。

いい機会と思ったのは事実だし、どうせ今日はやることもない。

ここで洗いざらい話してしまおうか。

「親子になった時の話か……それから三ヶ月くらい後の話だったな」

「それはまた、長いような短いような期間だね」

「暫《しばら》くはアルマの親を探していたからな」

腕《うで》を組み、再び記憶《きおく》を思い出していく。

あの時は確か雪の降る季節だったな。

アルマとの思い出の中でも、特に大切な場面は天候が優《すぐ》れないことが多い気がする。

「……どんなふうなおはなしだったの？」

一人物思いに浸《ひた》っていると、シェリルがわくわくしながら詳細《しょうさい》をねだってきた。

簡潔な説明では満足せんか。

語り部《べ》というのは慣れぬが、出会いを話した以上は今更《いまさら》か。

「事の発端《ほったん》は……我が師、イワオ＝シジマ先生だったな。その頃《ころ》にはアルマももう親を探す気がなくなっているのでは、と感じ始めた頃だった」

「その時の私にとってはもう、師匠《せんせい》は特別な存在でしたから。むしろ私を捨てた生みの親など見つからなければ良いと思っていたところです」

「む……」

記憶の中の風景を浚《さら》い上げていると、何故か自慢《じまん》げなアルマが補足する。

そうか、あの時にはもう親などどうでも良かったのか。

しかしわかりやすい好意を向けられるのはなんとも恥《は》ずかしいな。

ううむ、アルマが私を「そういうふう」に見始めたのはどのくらいの頃の話なのだろうか。在学中、セリアやシドと共に聞いた話からすると、もしや出会いの時にはもう？

いや、深く考えるのはよしておこう。なんとも業《ごう》の深い話になりそうだ。

「……話を続けるぞ。ともかく、あれはアルマを拾ってから三ヶ月ほど経《た》った頃の話であった――」

ソーニャだけで手一杯《ていっぱい》の悩《なや》みをこれ以上広げぬように、私は逃げるように過去の世界へと戻ってゆく。

◆

「今日はここまでだ」

師の低く重い声が道場に響《ひび》き渡《わた》る。

簡潔に終わりを告げられた中、私は鋭《するど》く強めた視線を直さぬまま、礼をした。

「ありがとう、ございました……！」

今の今まで師匠と組手をしていたため、息は絶え絶えだ。身体《からだ》が疲労《ひろう》でいうことを聞いてくれない中の礼は、平時に指先だけの腕《うで》立て伏《ふ》せをするよりも辛《つら》く感じた。

しかしこれをなくして稽古《けいこ》を終えることは出来ない。師に、道場に無様な礼は見せられぬため、最後に残った力を振《ふ》り絞《しぼ》って私はようやく頭を上げた。

「……ふ、何て目だ。そうギラギラしてはシジマの技は扱《あつか》えんといったろう。お前のような奴《やつ》は嫌《きら》いではないが、勝ちを見すぎてはいかん。無論、目を背《そむ》けることも出来んがな」

「は、未熟のいたすところです……」

師に目つきの事を指摘《してき》され、私は慌《あわ》てて緊張《きんちょう》を解いた。

闘争心《とうそう》が勝ちすぎては、清流の如《ごと》きシジマの技の全てを扱うには至らない。

そのことは分かっているのだが、昔の跳《は》ね返りだった時期のせいかどうしても心を鎮《しず》める事が出来ない。

我が師の鬼神《きしん》の如き強さを目《ま》の当たりにすると、どうしても心がざわついてしまうのだ。私もこうなりたい、この男に肩《かた》を並べたいと。

「焦《あせ》るな。……お前ならば、いつかは分かる」

すると、思いが顔に出ていたのだろう。イワオ様はいつもの厳かな声で——しかし、穏《おだ》やかにそう仰《おつしや》った。

強いだけではない。その視野の広さには驚かされるばかりだ。

私は本当にこの人に追いつくことが出来るのかと疑問が浮かぶ。

……いや、やらねばならぬのだ。

最強。その夢を忘れたことはない。そしてそれを捨てるつもりなど毛頭ない。

ならば泣き言をいう暇《ひま》があれば、前へと進むのみだ。

「ありがとうございます。それでは、私は道場の掃除《そうじ》に——」

気を取り直した私は少しだけ回復した身体を揺《ゆ》らし、日課の道場の掃除へと入ろうとする。

「ああ、待て。少し話がある……まあ座れ」

「……？　承知しました」

師匠にいわれるがまま、私は左足から腰《こし》をおろした。脚《あし》を畳《たた》む『正座』という少し変わった座り方だ。

師匠の故国では、正座と呼ばれるこの座り方は作法として必須《ひっす》のものであるらしい。故《ゆえ》に、シジマ流では目上の者と話す時や、道場の中で座る際はこの『正座』が常識となっている。最初は足が痺《しび》れるなどして慣れなかったものの、今ではむしろ師匠を前にして正座をしない方が落ち着かないのだから不思議なものだ。

ともかく、私が『正座』をすると、師匠も同じように腰を下ろした。

さて、掃除もしていないというのに師匠が私を呼び止められるとは一体どういうことだろう。自然、肩にも力が入る。

「そう硬《かた》くなるな。重要な話には変わりないが、悪いことではないはずだ」

そんな私を笑う師匠。

つい気の抜《ぬ》けた返事を返してしまうが、いわれたとおりに緊張をほぐす。

すると、暫く経ってから――師匠は、一つ咳払《せきばら》いをした。

どこか遠慮《えんりょ》しているような雰囲気《ふんいき》だ。師匠にしては、珍《めずら》しい。

「うむ……まあ、お節介《せっかい》かもしれんのだがな……」

一体何を話すのだろうか。私がまた身構えそうになると、師匠はその前に続きを紡《つむ》いだ。

果たして、師匠がいいにくそうにしている事とは――

「お前は、妻を娶《めと》るつもりはないのか？」

私にとっては予想だにしない言葉であった。

「……は？　妻、ですか？」

「うむ。お前も良い年だろう。特定の相手を持つつもりなどはないのかと思ってな」

思わず聞き返すと、師匠はやはりいいにくそうに続けた。

……妻か。そういえば、考えたこともなかったな。

要《い》るとか要らないとかの前に、今いわれてようやく気付いたような、そんな心地《ここち》だ。

「考えもしませんでした……ですが、それこそ私も良い年です。今更妻を探すというのも……」

「それはそうなのだが、俺も嫁《よめ》を見つけろといっているわけではない。あのアルマという娘がいるだろう」

そういって、師匠はじっと此方《こちら》を見つめているアルマを一瞥《いちべつ》する。

釣《つ》られて見た私とアルマの目が合うと、アルマはこの冷たい雪さえ溶《と》かしてしまいそうな、ひだまりのような笑顔を浮《う》かべた。

小さな言葉の届かぬ距離《きょり》に笑顔を返すと、私は再び師匠の視線を受け止める。

「アルマが、どうかいたしましたか」

「ああ。お前があの娘を拾ってから……確か三ヶ月ほどになるか。私はそろそろどうするかを決めたほうがいいと思うのだ」

意を決したのだろうか。師匠の瞳《ひとみ》には最早《もはや》遠慮の色はなかった。

それを見て、私もまた態度を改める。背筋に伸《の》びる芯《しん》を堅《かた》くし、師匠の言葉を待つ。

一息置いてから、師匠はいった。

「良いかスラヴァ。お前はまだ独身だ。それが悪い事とはいわんが、俺としては家庭を持つ楽しみを知ってもらいたいところもある。

お前ももう若くはない。身を固めるには遅《おそ》すぎるくらいだが、それでも武術家としては有名なお前のことだ、嫁を娶ろうと思えば、お前のもとに来る女は少なくないだろう」

師匠の言葉に、私は何も返さない。ただ黙《もく》して待つ。動かぬ私に、続く言葉が向けられる。

「だが、流石《さすが》にあの娘がお前のもとに居てはそんな話もないだろう。如何《いか》にお前といえど、コブ付きではな。……いってはなんだが、もうあの娘の親は見つからん。この人間の国にエルフがいればひどく目立つ。見つからんということは多分、そういうことだ。親が見つからん以上、あの娘は孤児院《こじいん》にでも入れるのが筋だろう」

私の瞳を睨《にら》むようにした師匠の言葉は、正論だった。

……確かに、この国に閉鎖《へいさ》的で知られるエルフがいれば、嫌《いや》でも目立つ。

人脈はそれなりにあるつもりだが、それを使っても見つからないということは、アルマの両親はすでにこの国にいないか――この世にいない。そうなるだろう。

ならば、親が見つからぬままアルマを預かっておくというのもおかしな話だ。本来ならば、信頼《しんらい》できるところに託《たく》すべきなのだと思う。

しかし――

「……聞こう。お前は、あの娘と離《はな》れる気はあるか？」

師匠の問いに、私は静かに眼を閉じた。

僅《わず》かな逡巡《しゅんじゅん》の後、私ははっきりと師匠の眼を見返し、口を開いた。

「――いいえ。もしもあの子がそれを望むのならばそうしますが、私は出来ることならば、あの子の傍《そば》にいてやりたい」

はじめは、ただ冷えた身体を温めてやるだけのつもりだった。

だが、今は違《ちが》う。何も期待していないような眼をしていたあの子が――親に会うことさえ望まなかったあの子だが、最近はよく笑うようになったのだ。

私がいるから、などと自惚《うぬぼ》れるつもりはない。しかし一人くらい、頼《たよ》れる大人というのが近くにいても良いのではないか。そうすることによってあの子に笑顔が増えるのならば、私は是非《ぜひ》そうしてやりたい。

師匠とは長い付き合いだ。多くは語らずとも、私の思いは伝わっていよう。

半ば睨み合うような視線を向け合ったまま、時が流れる。

やがて師匠は、大きくため息を吐《つ》いた。その際に、僅かに口角を上げて。

「真《まこと》、不器用な奴よなあお前は」

呆《あき》れた様な表情の師匠だったが、その顔は楽しそうで――私が知るかぎり一番強く厳《きび》しい男とは思えぬほど、優しげなものであった。

私は笑い返していう。

「それは、師匠の弟子ですからな」

「ほざきよる！　まったく、組手ではからきしな癖《くせ》に、言葉ばかりで一本取りおって！」

笑う師匠は、暫《しばら》く見たことがないほど――嬉《うれ》しそうな顔をしておいでだった。

「……ふ、ならば最早嫁を取れとはいわん。コブ付きのジジイを慕《した》ってくれる女がいれば話は別だが、期待はせん方がいいだろう」

「元よりそのつもりです。というか、嫁を取るなど考えてもいませんでした」

「お前らしいな」

ひとしきり笑い合うと、沈黙《ちんもく》が訪れる。しかしそこに緊張感はない。

……実をいうと、アルマの事は少しばかり悩《なや》んでいた。妻を持たぬ私があの子を育てられるのかと、出来ぬのならばしかるべき場所に託すべきなのかと。だが師匠のお陰《かげ》で吹《ふ》っ切れた。今は清々《すがすが》しい気分だ。

「今夜、アルマと話をしてみようかと思います」

「そうしろ。そうと決まればさっさと帰るがいい。寒い中幼子を待たせるのもよくあるまい」

満足気な顔で、師匠は右膝《みぎひざ》を立てて腰を上げる。

私もそれを追いかけるように立ち上がり、早速《さっそく》掃除の準備をしようとする。

「いや、よい。たまには道場の掃除は俺がしよう」

だが、師匠はそれを遮《さえぎ》って顎《あご》でアルマを指した。

私は慌てて声を上げた。

「いけませぬ、師に掃除を押し付けて帰るなど……！」

が、師匠はからかうように笑いながら準備を止めない。

「ほう？　俺のいう事に異を唱えるとは良い度胸だな。そういう気分なのだ。機嫌《きげん》がよく、たまには初心に帰ってみたい。そんなこともあるだろう」

確かに師匠に反目するのはいけないが、それ以上に目上の者に掃除を押し付けるなどあってはならない。

「し、しかし……！」

「くどい。俺が幼子を待たせるなといったのだ」

しかし、師匠にそうまでいわれては、弟子の私はそれ以上反論することは出来ない。

……全く、本当に何時《いつ》になったら私はこの御方《おかた》に勝てるのだろうか。

「……この御恩《ごおん》は、必ず」

「何のことかわからんな。そら、早く行け」

師匠に一礼し、背を向けてアルマの方へと向かう。

動きによる熱気のない廊下《ろうか》は寒かったが、私が向かって来るのを見て、アルマが温かな笑みを浮かべた。

「お疲《つか》れ様《さま》です！　今日は、お掃除はないのですか？」

「ああ、師匠が今日は寒いから早く帰れとな……アルマも寒かったろう。早く帰ろう」

「……！　はいっ！」

アルマの頰《ほお》に手をあてがうと、そこはやはり冷たかった。

だが、なんとなく――出会ったあの日とは、違う気がした。

「(帰ろう……か)」

自分の決断を確かめるかのように、口に出した言葉を反芻《はんすう》する。

アルマは喜んでくれるだろうか？　しかしどう切り出したものか。

手を繫《つな》いで帰る最中、そんな事をずっと考える。降り積もった銀色の雪は、時間の経過とともに深い海のような色へと変わっていく。

私の答えが出たのは――情けないことに、晩飯を終えてからであった。

「なあアルマ。話があるのだが」

食器を洗い終えると同時、エプロンで手を拭《ふ》くアルマに声をかける。いつもよりか改まった様子の私に、アルマはぴくりと肩《かた》を震《ふる》わせた。

「は、はい」

私の緊張《きんちょう》が伝わったたか、アルマもどこか緊張している様子だ。

ううむ、今更《いまさら》心配になってきた。三ヶ月という期間は短いような気がする。

いや、アルマも私に慣れてくれているはずだ。

椅子《いす》に座ると、アルマもそれに倣《なら》うようにしてテーブルを挟んだ向かいに腰を下ろした。

……よし、いうぞ。

「お前が来てからもう三ヶ月になるな」

「……はい」

お互《たが》いにぎこちないやりとりだ。最初に出会った時でさえもう少しにこやかに話せていた気がするが――これはよりよい関係を築くための話し合い。ここでひるんではおられん。

「あれからずっとお前の両親を探しているが、残念ながら見つかる気配はない。……正直に答えてくれ。アルマよ、まだ両親に会いたいか？」

私はアルマに、敢《あ》えて避《さ》けていた質問を投げかけた。

ここ最近――いや、出会ってからずっと、アルマは親の捜索《そうさく》に乗り気ではなかった。

それでも私は子は親の元にいるのが一番と、アルマの両親を探してきたが……アルマがそれを望んでいなければ、それはただのお節介にすぎない。

「……いいえ。両親には思い出もありませんし、それでなくとも捨てられた身です。会いたいとは、思いません」

私の問いかけに、アルマは絞《しぼ》りだすように、身体《からだ》を震わせながらそう答えた。

……実は、アルマが自分の気持ちを語るのはこれが初めてだ。自分の親を探す私にそれを聞かせるのは忍《しの》びないという思いがあったのだろう。

こんなに小さな子に気を使わせるとは、私もまだまだだな。

「そうか……ならば、親の捜索は止《や》めにしよう。気を使わせたな」

「そ……そんな事ないです！　スラヴァさんが私のためを思ってくれているのはわかっていましたし、その気持ちは、凄《すご》く嬉しかったですから……」

確《しっか》りとアルマの眼を見て謝罪をすると、アルマは大慌《おおあわ》てで腕《うで》を振《ふ》るう。

最近、アルマはようやく感情を素直に出してくれるようになってきた。出会った頃《ころ》であればきっと、こんな大きな動きは見せてくれなかったろう。

その事に少しだけ嬉しくなる。だが、本題はここからだ。

「それでなのだがな——両親の捜索を打ち切るとなると、そろそろ次のことを考える必要があると思うのだ」

「……！」

真剣《しんけん》な眼差《まなざ》しをアルマに向けると、アルマはひどく驚《おどろ》いた様子で——かつ、覚悟《かくご》を決めていたかのように、胸のあたりの服を掴《つか》んだ。

「このまま中途半端《ちゅうとはんぱ》な関係でいるのは、お互いに良くはないだろう。実は道場で師匠と話していたのもそんな事でな。……よく考えて答えてくれ。お前には二つの道がある」

私が一言一句を紡《つむ》ぐごとに、アルマの呼吸が荒《あら》くなる。

やはり決断を迫《せま》るには少し早かったか――とも思うが、それでも三ヶ月だ。そろそろはっきりとさせておく必要があるのは事実だろう。

「一つは、孤児院に入ることだ。信頼できる保護者の元、同じ境遇《きょうぐう》の仲間と物事を学んでいく。それは、きっとお前にとってかけがえの無い物を育《はぐく》むだろう」

選択肢《せんたくし》の一つ目を言い終える頃には、アルマは瞳《ひとみ》に涙《なみだ》を浮《う》かべていた。……こんな私とでも、離れることを嫌がってくれるのだろうか。

「い、や……嫌、です……」

どちらにせよ、アルマにとってはこの選択肢は選びたくないものなのだろう。

呼吸を荒らげて弱々しく首を振るう様は、見ていられない。

だから、私はすぐに二つ目の道を提示した。

「まあ、落ち着いて聞いてくれ。もう一つの選択肢がまだだろう」

いい聞かせるような私の言葉に、アルマは意識を傾《かたむ》け、少しだけ呼吸を抑《おさ》えた。

同時に、私も大きく深呼吸をする。だが、覚悟はもう決めている。

アルマの眼を見据《みす》え、私は――それを口にする。

「もう一つは、私の養子になって、このまま共に暮らすということだ」

ゆっくりと、しかし力強く。真摯《しんし》な気持ちを込めて、私はしっかりとアルマにそれを伝えた。

アルマは、予想外の言葉に固まっているようだ。

「妻さえいない私が子供を持とうなどおこがましいかもしれん。だが、私は出来うる限りの力を以《もっ》て、お前が確《しっか》りと自らの力で歩んでいけるようになるまで見守ってやりたいと思っている。私は父としては未熟な存在だろう。だからこそ、お前と力を合わせて二人で歩んでいければと――そう思っている。お前さえ良ければ、私を父と呼んではくれんかね」

不器用な私なりに、よくまとめたものだ。そう思えるほど、はっきりと自分の思いを伝えきった。

私の言葉を聞き終えたアルマは――こらえきれない涙を拭《ぬぐ》おうともせず流していた。

そして――

「はいっ……！」

嬉しそうに、頷《うなず》いた。

「……そうか」

自然と、笑みが溢《あふ》れる。私は、人の気持ちを察するのが苦手だ。

だがそれでもはっきりとわかった。涙を流しながら笑うアルマの、幸せそうな表情が。

私とアルマが椅子から立ち上がるのは、同時だった。

「……っ！　お父さん！　お父さぁぁん……！」

手を広げる私に、アルマが抱《だ》きついてくる。

こうしてアルマを抱きしめるのは、三ヶ月も共にいて初めてのことだ。

それだけこの子は、自分を隠《かく》して生きてきた。望まないで生きてきた。

しかしそれももうお終《しま》いだ。これからは、子供らしく、自分らしく生きて欲しいと思う。

「お父さん……っ！　うあ、うあああああ……！」

泣きじゃくるアルマを確りと抱きとめ、頭を撫《な》でる。

力強く抱きしめたら折れてしまいそうな華奢《きやしや》な身体を、出来る限り優しく、温かく。

……昔は、こんなふうに誰《だれ》かを抱くことになるとは思わなかったな。

きっと今、私は父になったのだろう。本来踏《ふ》むべき過程――夫であることを経験せず、

それが出来るかはわからない。

だけどきっと、今私達は、親子になった。

アルマが私を父と呼び、私はそれに応《こた》える。儀式《ぎしき》のように何度もそれを繰《く》り返しながら

過ごす雪の夜は――とても、暖かかった。

「と、こうして私とアルマは親子になったというわけだ」

瞼《まぶた》の裏の光景から帰ってきた私は、光に慣らすようにゆっくりと目を開けた。

思い出しながら語るうち、私は意識を冬の夜に置いていたが、そこにある光景は当然日の光が照らす中庭である。

どうやら、そうとう深く思い出していたようだ。案外語り部《べ》の才能があるのかもしれない――そう思いながら、私は意識を現在に切り替《か》える。

ただそこにあった光景が頭に刻み込まれていく。……目の前の少女たちは、目から止《と》めどない涙を流していた。

「う、お!?　どうした!?」

「どうしたもこうしたもないよぉ……！　アルマさん、良かったねえ……！」

特に涙を流していたのは、年長のソーニャとアルマである。アルマは若干《じゃっかん》引くくらいの勢いで泣いていたが――こっちは予想出来ていた。ソーニャがこうなるのは、少し意外である。

ちなみに他の二人は、年長組に比べるとやや抑えめである。シェリルは瞳を潤《うる》ませているくらいだったし、レティスはハンカチで涙を拭うところだったようだ。

「ぐずっ……でも、確かにそれはスラヴァ君を好きになっても仕方ないよね……歳もそんなに離《はな》れてないのにそんなに優しくされたらさ……」

「だろう⁉　ソーニャも案外話がわかるじゃないか！」

……ようやく涙を抑えてきた年長組は、なにやら共感を語り合っている。

色々と突《つ》っ込《こ》むところは多いが——やはり、エルフのこの感覚だけは理解が出来ん。

「……まあそんな訳で、私はアルマの頼《たの》み事に弱かったのだ。気がついたら武術家として名が売れていて忙《いそが》しくなって……色々あって今に至るというわけだ」

「それで有名になって修行の時間が取れなくなって、か。武術馬鹿《ばか》のスラヴァにはそれはキツいかもね。ちゃんとその辺り厳しくしてれば、逃《に》げまわる必要もなかったのかもね」

「うぐ……だが私は師匠《せんせい》の素晴らしさを多くの人々に知ってもらいたかったんだ……」

なんだか最近少しスレた気がするレティスの指摘《してき》に、アルマが唸《うな》る。

如何《いか》な理由があっても、今生《こんじょう》でアルマを放っておいたのは私が悪い。だが今はアルマ自身、自分の行いに思うところがないわけではないらしい。

最近のアルマを見ると、やはりこう……どこか残念な部分がある。その辺りが直るまで、目を離さずにいるのも親の仕事だな。

「……っと、気がつけば日の色が変わってきているな」

「あ……ゆうやけ」

どうやら、思ったよりも長く話し込んでいたようだ。自分で思っているよりも、熱中していたらしい。

「いい時間だし、昔話はここまでとしようか。また今度、機会があれば気になることを聞いてくれ」

「いいの⁉　実は結構気になることあるんだよね！」

椅子《いす》から腰《こし》を浮かす私に、ソーニャの嬉《うれ》しそうな声が降りかかる。私なんぞの過去など……と思っていたが、喜んでくれるというのならば話す側としても悪い気はしない。

それに自分の過去を振り返るというのは、案外思うところは多いようだ。ボケにはまだ遠いと思いたいが、昔を思い出すのは良い頭の運動になりそうだ。

だが、それよりも――

「そろそろご飯の時間ね。食堂に行きましょう？」

「もうそんな時間？　えへへー、行こう？　スラヴァ君！」

「か、勝手に師匠《せんせい》に触《さわ》るな！」

「えー？　何時《いつ》もしてることだよ？」

「な、何だと……っ!?」

「またけんかしてる」

今は、新しい命で出会ったこの子達との未来のほうが、ずっと楽しい。

いい争いを始めるソーニャとアルマを尻目《しりめ》に、ちゃっかり私の腕を取ったシェリルと目が合う。

「まったく……仕方がないな」

そういいつつも、私は続いていく明日《あした》に思いを馳《は》せる。

……明日、か。こんな当たり前のことを、今までは意識しなかった気がする。

こんな毎日が続けばいいと、私は微笑《ほほえ》むのであった。

第三十二話　頑固《がんこ》爺《じい》二人

地上より高く離れた山の上。いつもよりもずっと近い空の下で、私はゆっくりと、大きく息を吸い込んだ。

雲は熱した鉄のように見えるというのに、夜の間冷やされた空気は肺を突くような冷たさを感じさせた。

人で溢《あふ》れたアルファレイアから遠く切り離《はな》されたこの世界は、鳥の声さえない静寂《せいじゃく》を保っていた。

熱く燃えたぎる心が、身体《からだ》に熱を持たせる。目を閉じてみると、身体に纏《まと》わりつく冷たさが心地《ここち》よい。

思えば、色々な事があったものだ。

すうと息を飲み、記憶《きおく》を映すように空を仰《あお》ぐ。

一度終えたはずの命が、形を変えてここにこうして存在する。なんともおかしな事だ。

恐《おそ》らくは世界に二人といないであろう境遇だと思う。いや、もしかしたら誰もが黙《だま》っているだけで、それほど珍《めずら》しい事ではないのだろうかと夢想する。

……だが、私はすぐに自分の思考を否定した。

人と人との縁《えん》は、なかなか切れないものだ。現に私がそうであるように、きっとそれは生まれ変わってもそうそう切れるものではない。

ならば、生まれ変わりがあった、という報告がもう少し世にあふれていてもよいだろう。

誰《だれ》かを悲しませたままでいるというのはあまりにもあまりな話だろうし、なんだかんだといって私自身、アルマとの縁が切れてしまったらと考えると寂《さび》しい。

それに――

「よォ、待たせたかい」

切ろうと思っても、切れない縁はある。

くすりと笑みを零《こぼ》し、私は背の声へと振《ふ》り返る。

そこには、我が好敵手、チェスター＝プライムのいやらしい笑顔が浮《う》かんでいた。

「待ったは待ったが、悪くない気分だ。少し、考え事をしていた」

どこか挑発《ちょうはつ》的にも聞こえる声を受けつつも、私は微笑を浮かべていた。

私の顔にあったものが想像と違《ちが》かったか、チェスターは唇《くちびる》を尖《とが》らせる。

あえて待たせることで私を苛立《いらだ》たせようとでもしたのだろうか。確か師匠に聞いた故事に、そんな話があった気がするな。

もしも奴《やつ》が狙《ねら》ったのならば、の話だが――今回は奴の思い通りにはならなかったようだ。

苛立つどころかむしろ、私の身体は今までに無いほど、精神と調和している。

だが、それは決して冷めているというわけでもない。

――空気は冷たいというのに、暑い。心が、魂《たましい》が。身体に火を入れている。

誰にも、負ける気がしない。

「……い～い顔するようになりやがったなァ」

いいながらに、構えを取るチェスター。数十年以上も手を合わせ続けてきた好敵手の言葉を、私は驚《おどろ》くほどすんなりと受け入れていた。

こんな心持ちは久々だ。いや、初めてかもしれない。

しかし――

「お前こそ。楽しそうだな」

「そりゃァな」

対するチェスターもまた、これ以上無く清々《すがすが》しい笑みを浮かべていた。

奴にとっても私は長年ドツキあってきたライバルだ、敗《ま》けるわけにはいかないという気持ちは同じだろう。

だが、背負うものはない。

ここにいるのは私と奴の二人だけ。ここにあるのは、勝つか負けるかの二つだけ。

そんなもの、楽しくないはずがない。

――今こそ、この国にて培《つちか》った全てをぶつける時！

合図するでもなく、私達は同時に魔力《まりょく》を開放した。

発動するは『試製桜花《しせいおうか》』。

身体に注ぐ限界以上の魔力が、身体中を引き裂《さ》き始める。だが、同時に施《ほどこ》す治癒《ちゆ》の魔力が、四散しようとする身体を引き止めるという捨て身の強化技――

これにより、私は普段《ふだん》使える以上の攻撃《こうげき》力を得る。

今生《こんじょう》で初めて奴と手を合わせた時には、まだ上手《うま》く使えなかった技。完全にこれを体得した私は、あの時とは比べ物にならないほど強くなった。

これで奴があの時のままならば、勝負は容易《たやす》く決していただろう。

「けっ、考えることは同じかい」

「貴様なんぞと同じ頭とは、悲しくなるな」

だが、奴は同じ場所に留《とど》まり続けるほど愚《おろ》かな男ではない。

チェスターが吹《ふ》き荒《あ》らす強大な魔力は、僅《わず》かに治癒の色を含《ふく》んでいた。

つまり――奴も私と同じく、自らを傷つけつつ限界以上の力を引き出す術《すべ》を身につけたということだ。

……ふん、まったく。考えることは同じ、か。なんとも気に入らないが――それがなんとも、楽しませてくれる！

やはりこうでなくては面白くない！

「行くぞ――チェスター！」

「来いやスラヴァァァッ！」

あの時――今生での初戦とは真逆の言葉。悔《くや》しいが、今回は私が挑戦者《ちようせん》の立場だ。

私が挑《いど》み、奴が受ける。その図式に心が躍《おど》る自分を誤魔化《ごまか》すように、私は声を上げた。

一瞬《いつしゆん》たりと待ってくれない心に従い、私は地を蹴《け》った。

密度を増した筋肉に魔力が流れ込み、悲鳴を上げる。傷口に手を突っ込んで思い切り開くような痛みが走るが、今はそれすら意に介《かい》さない、意に介せない。

音さえも置き去りに、私は岩で出来た地面を踏《ふ》み砕《くだ》いた。

今生でも……いや、私が経験してきた全ての中で最高といえる〝入《い》り〟。しかしチェスターは確《しつか》と私の姿を捉《とら》えていた。

最早《もはや》互《たが》いに知り尽《つ》くした相手だ、定石《じようせき》通りもつまらぬと思ったが、奇策《きさく》もある程度は予想を立てられるか。

だが本当の読み合いはここからだ！

戦いとは拍子《ひょうし》。一瞬の虚《きょ》が勝敗を決することは珍しいことではない。

私と奴が手を合わせてきた回数は、数えるのも馬鹿《ばか》らしくなってくるような膨大《ぼうだい》な数に上るだろう。

故《ゆえ》に私とチェスターは、互いの呼吸を知り尽くしている。

だからこそ、原点に帰る必要がある。戦いとは、如何《いか》に相手の呼吸を乱すかだ。

今の私にはこれ以上ない、と思える入りは、一瞬で私をチェスターの間合いの中へと運んだ。

少年の身体であるが故に短い私の手が届かず、チェスターが一方的に攻撃を放つことが出来る距離《きょり》にもかかわらず、だ。

それは決して間合いを読み違《ちが》えたからではない。攻撃をするとは即《すなわ》ち、身体の一部を私の間合いへと送ることと同義だからだ。

攻《せ》めにて相手の攻めを釣《つ》るというのはシジマ流の基本の戦法の一つなのだが、流石《さすが》に奴もよく理解している。

一拍遅《いっぱくおく》れ、奴が拳《こぶし》を放ったのは私と奴の間合いが重なってからであった。

──『透拳《バニシュ》』。その名の通り、目で捉えることを不可能とする、瞬速の打拳！

獣《けもの》が唸《うな》るような音と共に、握《にぎ》りこまれた死が飛来する──！

速度は嘗《かつ》てよりも速く、威力《いりょく》もまた同じく。だが、私とてあの時のままではない。

的確に顎《あご》へと向かう拳に対し、私は顔を傾《かたむ》けて拳の描《えが》く軌道《きどう》に空《くう》を置いた。暴風を纏って通り抜《ぬ》けた拳が服を、髪《かみ》を揺《ゆ》らす。

しかしここで油断が出来ないのが『透拳《バニシュ》』だ。元より戦いの最中に油断など無いが、この全力の殺意が一瞬で翻《ひるがえ》るのが魔法《まほう》の如《ごと》きこの拳。

私が岩の地面を軽く足で押して後ろへと退《ひ》くと、戻《もど》るチェスターの拳が裏拳へと変わり、目の前をなぎ払《はら》う。

お互い攻撃力だけが上がった今、こんなものを顔に受ければ一瞬で勝負がついてしまう。

大ぶりのなぎ払いを見て、私は後ろへやった身体を再び前に進めた。チェスターは既《すで》に腕《うで》を引っ込めている──相変わらず酷《ひど》いインチキだが、そこにはまだ万全《ばんぜん》はない！

我流『夜蛇《やかがち》』。腰《こし》から上の駆動《くどう》を総動員し、拳に括《くく》りつけて振るう。蛇《へび》の牙《きば》が空気を裂くような鋭《するど》い音を響《ひび》かせ、その身を溶《と》かした拳打がチェスターへと向かう──！

が、蛇が獲物《えもの》に食らいつくことはなかった。肘《ひじ》の動きで円を作ったチェスターの手が、蛇の腹を絡《から》めとったのだ。

シジマ流によく見られる、相手の動きを流す逸《そら》しの技術だ。

『透拳《バニシュ》』を真似《まね》た私の『夜蛇《やかがち》』に対する意趣《いしゅ》返しか――！　どこまでも楽しませてくれる……！

だが真似をするには、その技術は向かぬ。私の腕に触《ふ》れている以上、これは技術を競う腕相撲《ずもう》だ！

「ンなッ」

絡め取られた円の動きに逆らわず、むしろ流されるように。私はチェスターの動きに自らの力を加え入れた。

混ぜ物の入った異質な力にチェスターが声を上げる。そもそも私の『夜蛇《やかがち》』も、奴の『透拳《バニシュ》』に比べれば粗悪《そあく》な写しも良いところ。本家本元には敵《かな》わない。

ましてシジマ流は何代にも渡《わた》る蓄積《ちくせき》を我が師が受け継《つ》ぎ、師を、弟子《でし》を通して磨《みが》き続けてきた――名水で氷を作り、それを研《と》ぎ澄《す》ました剣《けん》の様に純粋《じゅんすい》な技術。見よう見まねでここまで来たのは認めるが、未《いま》だ濁《にご》りが見える！

チェスターの力を絡めとった私は、振り回した鉄球をそのまま投げるかのように、円の動きから力を跳《は》ね上げた。

力の向きに従い、宙へと投げ飛ばされるチェスター。しかし、地から足を離《はな》したチェスターへ追撃《ついげき》を加える事はしない。

空中でチェスターが身体《からだ》をひねり、体勢を立て直す。単純な話、攻撃へと移れるほどの隙《すき》が奴にないのだ。

……とはいえ、その隙を作れなかったわけではない。

私は敢《あ》えて、仕切り直しを選んだのだ。地へと降り立ったチェスターと目が合う。

その顔に在《あ》るのは——痛烈《つうれつ》な笑み。

互いの行動に、その意向を知るが故に、浮かべている表情は私と同じだったというわけだ。

「全く、手前《てめ》ぇも酔狂《すいきょう》な野郎《やろう》だ」

「それはお互い様だろう」

同時に軽口をいい合い、私達は再び静かに構え直した。

実のところ、今の一合にはそれ程意味がない。両者に必殺の意志はなく、また削《けず》り合いの要素すらない、ただの演舞《えんぶ》のようなものだ。

今の一合は、私達二人の意地の張り合いとでもいうべきだろうか。

考えてもみれば分かることだ。チェスターの『透拳《バニシュ》』を真似た『夜蛇《やかがち》』が、チェスター本人に通用するはずがない。奴が行ったシジマの『流し』もそうだ。未だ師には劣《おと》る私だが、それでもシジマの師範《しはん》を務めた身。中途半端《ちゅうとはんぱ》な崩《くず》しの技術が意味を成《な》すはずはない。

それでも互いがその技を選択《せんたく》したのは——互いに対する意地の張り合いにほかならない。

この程度ならば俺でもできる、私でもできる。そういいたいだけなのだ。

……尤《もっと》も、ウン十年と見ている好敵手の技は、とてもではないがまだ届かぬ場所にあるようだがな。

攻と守。受けと攻め。永く続く矛《ほこ》と盾《たて》の戦いに決着をつけようとも、未だそれは成らず。

今日こそ決着を付けてやる。そう思うのは——さて、何度目の話であったか！

年甲斐《がい》もなく心が高ぶる。奴とこうしている時間はついつい色々なことを忘れてしまう。

「行くぜ」

「来い」

結局は、これだ。

互いが互いに信ずる技を、信じ通すのみ！

裂帛《れっぱく》の気合を纏《まと》い、チェスターが駆《か》ける。

手合わせの度《たび》、幾度《いくど》も幾度も見た光景だ。生まれ変わり、姿を変え種族を変え——それでも目の前に同じ男の姿が在ることに、感謝せざるを得ない。

私が今ここにいることが神の導きであるのならば——武を、捧《ささ》げよう！

「おおおおォッ！」

獣のような叫《さけ》びとともに、繰《く》り出される拳は、駆ける迅狼《じんろう》の如し。

空に掻《か》き消えた拳が、巨凶《きょきょう》を引き連れて向かって来る――！

私はぐ、と喉《のど》へと息を留め、押し出すように掌《てのひら》を繰り出す。

受け止めるとなると凶悪《きょうあく》な威力を持つ『透拳《バニシュ》』だが、それが拳打である以上は打撃《だげき》の特性を捨てることは出来ない。身体の動きで拳の進行方向を見切り、その腹を落としてやればさしもの『透拳《バニシュ》』でも払うに大きな力は必要ない。

「ちィ……！」

腕を押され、私の身体を捕《と》らえることが出来なかったチェスターが舌を打つ。

腕を払われたのだ、当然そこには隙が出来る――この距離で、迎撃《げいげき》という状況《じょうきょう》で、それを逃《のが》す手はない。

とはいっても、相対するはチェスターだ。むざむざ招くつもりはなかっただろうが、この展開は予想の範囲《はんい》内であろう。できる反撃《はんげき》は限られている。

私は押しのけた拳の下へと潜《もぐ》りこむように間合いを詰《つ》めた。近距離《きんきょり》におけるこの小さき身体は、かえって小回りがきいてよい。

下から見上げる形の私と、チェスターの目が合う。一度のまばたきも許されぬ瞬間《しゅんかん》の世界の中、私は『透拳《バニシュ》』に一瞬だけ存在する隙へと差しこむように、手の甲《こう》でチェスターの鼻を叩《たた》いた。

小さく短い動作で繰り出した攻撃《こうげき》は、ダメージの方は殆《ほとん》ど無いだろう。しかし風船を割るような音と共にチェスターの鼻で爆《は》ぜた小さな衝撃《しょうげき》は、視界を奪《うば》う。

「〜ッ」

声にならぬ声——息が漏《も》れるような呻《うめ》きの奥に、チェスターが歯を食いしばるのが見えた。

私を睨《にら》みつけるその瞳《ひとみ》にはうっすらと涙《なみだ》が浮《う》かんでいる。鼻を叩かれると、意識とは関係なくどうしてもこれが出るのだ。

だが、ここで油断を出来ぬのがこのチェスターという男だ。命にかかわるような傷を受けた瞬間でさえ反撃をしてくるような男に、目眩《めくら》まし程度ではほぼ意味を成さない。その事は痛いほど理解していた。

確か前は、腕を折った傍《そば》から胃を破られたな。同じ轍《てつ》は踏まん！

「づあッ！」

予想通り、チェスターはすぐに反撃へと転じてきた。戻る拳が裏拳へと変化し、鞭《むち》の如く私へ向かって躍《おど》る。

が、視界を奪われた状態の攻撃には明確な目的は無かった。私は顔へと振《ふ》るわれるそれを屈《かが》んで避《よ》け、がら空《あ》きになった腹部を狙《ねら》う——！

しかし、奴《やつ》もそう簡単に痛打を許してはくれない。チェスターの膝《ひざ》が浮き上がるのを見ると、私は後方へと飛ばざるを得なかった。

……危ない危ない、また胃を潰《つぶ》されるところだった。この程度のじゃれつきでそこまでされたら割に合わん。

やはり奴も視界を奪われた状態で放つ攻撃にははなから期待をしていなかったのだろう。膝までが一連の動きであった。せっかく作ったチャンスも大した成果につながらず、また振り出しだ。

強引《ごういん》に間合いを開けたチェスターは、私への警戒《けいかい》を解かぬまま右手の指を鼻へとあてがい、吹《ふ》き出した息で音を鳴らす。僅《わず》かな血を鼻から追い出すと、チェスターは口の端《はし》を歪《ゆが》める。

「ったく、小賢《こざか》しいことしてくれるぜ」

「貴様は少し大雑把《おおざっぱ》すぎるがな」

一つずつ軽口を叩き合うと、また空気が冷えていく。

居辛《いづら》ささえ感じる空気だが、お互《たが》いそこに暗い気持ちは無く——これが、最高に楽しい。

一度の失敗で全てが台無しになるこの緊張感《きんちょうかん》だ。奴と戦っているんだ、この感覚がなければ始まらない。

「ウォーミングアップはこのへんにしとこうぜ」

「──私もそう思っていたところだ」

此処《ここ》から先の戦いは──ひとつ、深度を下げる。一時ごとに要求されるものは更《さら》に増え、戦いは更に苛烈《かれつ》になる。

やはり此奴《こいつ》は、最高の敵だ。嫌《いや》らしい笑みや性格は気に食わない。だが、誰《だれ》よりも気が合う。

幾度も幾度も勝ち負けを繰り返しているが、その度《たび》に全力を尽《つ》くすだけの理由がある。

だから、誰を相手にするよりも負けたくない──!

「これが終わった時、立っているのは私だ!」

「奇遇《きぐう》だなァ、俺もそう思ってたところだぜイッ!」

駆け出すのは、同時だった。何も相手が突《つ》っ込《こ》んでくるのを律儀《りちぎ》に待つだけがシジマ流ではない。相手の体勢が整わぬうちに、針を狂《くる》わせるのもまたシジマ流が理念の一つ。

だがそんなことは関係ない。此奴と戦うのに、気持ちで負けるわけにはいかんのだ!

「試製桜花──『不可説転』ッ!」

身体に漲《みなぎ》る魔力《まりょく》が、一気に膨《ふく》れ上がる。身体中の筋肉が千切《ちぎ》れる音が響《ひび》く、あちこちから血が噴《ふ》き出す。地獄《じごく》のような苦痛は例えようも無いものだ。強《し》いていうのならば、千切れるパスタか。そんなマヌケなことしか考えつかない。

しかし、私は笑っていた。痛みよりも何よりも——今この時が、楽しすぎるから。

チェスターとの距離《きょり》がなくなるその直前、私の『不可説転』を見たチェスターは確かに顔へ驚《おどろ》きを映した。

だが、それも一瞬《いっしゅん》の事。驚きの顔が見間違《みまちが》いに思えるほどあっさりと、奴は強烈《きょうれつ》な笑みに顔を染めた。

距離が零《ぜろ》に近づき、チェスターが拳《こぶし》を振り上げる——私は、それに対してただ一歩『次』へと踏《ふ》み込んだ。

手を叩くような音が爆ぜ、空気が壁《かべ》となって広がっていく。歩法により衝撃を生み出すシジマ流が最奥《さいおう》の技、それが『不可説転』だ。

この技を使えたのは——私を置いては未《いま》だ一人、シジマ流の開祖イワオ＝シジマのみ。チェスターも、師匠とは幾度となく手を合わせている。この技がどういうものかは、奴とて身をもって知っているだろう。

だからこそ私は『不可説転』による『圧』を生み出しつつも動きを止めない。空気の壁を突き破《やぶ》ったチェスターの拳が、私を狙っていることを知っていたからだ。

衝撃波《しょうげきは》を受け、頬《ほお》を張られた様にチェスターの顔が振れるも、奴の拳は壁を破って襲《おそ》い来る。しかし、その速度は幾分《いくぶん》か落ちているぞ！

速度が落ちていなくば私の頬を捉《とら》えていたであろう拳を紙一重《ひとえ》で避け、私は奴の懐《ふところ》へと踏み込むべく更に一歩を踏み出した。再び生み出された衝撃の波が、残る右腕《みぎうで》の防御《ぼうぎょ》をこじ開ける――！

「がッは、ァ！」

がら空きになった腹へ、私は左拳をねじ込んだ。僅かに真芯《ましん》を逃《のが》した拳が骨を砕《くだ》く。

突き抜《ぬ》けていった衝撃に身体を引かれるように、チェスターの身体が後ろへと引きずられていく。

そこに好機を見出《みいだ》した私は追撃を加えるべく駆け出した。だが、早くも体勢を立て直したチェスターが拳を構える。

投石機を思わせるプレッシャーを感じつつ、それでも私は構わずに間合いを詰める。

攻防《こうぼう》一体へ更に移動を加えた『不可説転』の前では、何をやっても同じこと！　とうとう我が師を破れなかったのは、奴も私と同じ。

チェスターの間合いへ踏み込む直前、私は再び衝撃の壁を生み出した。今度の一撃《いちげき》を防げねば、勝ちは貰《もら》ってゆくぞ！

意志を魔力に変え、拳へと握《にぎ》りこむ。衝撃波と拳の同時攻撃――回答や如何《いか》に！

圧縮された感覚の中、空気の揺《ゆ》れがチェスターへと向かう様を見る。あらゆる攻撃を抑《おさ》え、時には弾《はじ》く空気の壁にチェスターが返したモノは、やはり『透拳《バニシュ》』であった。

如何な『透拳《バニシュ》』といえども『不可説転』の前では――その動きの起こりの瞬間だけ、私は落胆《らくたん》を感じた。だが、次の瞬間にはそんな考えは捨て去っていた。

チェスターの魔力が瞬時《しゅんじ》に膨れ上がったのだ。その総量は私と同じかそれ以上！　当然、それだけ拳が持つ威力《いりょく》も上がり――あの、空気が爆ぜる独特の音が響いた。

「……ッ！」

チェスターの拳が、私の『不可説転』と似た現象を生み出した事は、考えるよりも早く理解した。

空気の壁が互いを殺しあい――雲を抜ける龍《りゅう》の如く飛び出てきたチェスターの拳が、私の腹部へと突き刺《さ》さった。

襲い来る衝撃に耐《た》えるため、私は腹部へと力を集中した。同時に、風を受け踊る柳《やなぎ》のように、無駄《むだ》な力を除いて衝撃を散らす。

「ぐ、はっ……！」

しかし腹部で炸裂《さくれつ》した力は、それ一つが災害を思わせるようなものだった。痛みを超《こ》えた熱さは灼熱《しゃくねつ》する溶岩《ようがん》のよう。内臓の全てが白熱した鉄の練り物に変わってしまった様を幻視《げんし》する。

損傷の程がわからない程のダメージだ。正直にいえば立っているのもやっと——意識を手放せたならばどんなに楽なことかと思う。

だが、倒《たお》れるわけにはいかぬ。

小石を跳《は》ね上げる様に飛ばされた身体《からだ》を立て直し、二本の脚《あし》に加えて腕《うで》を一本使ってなんとか着地する。無機質な岩肌《いわはだ》を、口から溢《あふ》れた血がぽつりぽつりと汚《よご》していくのが見えた。

……よし、この程度ならばまだもう少しだけ動ける。

滑《すべ》り落ちそうになる意識を乱暴にひっつかみ、急いで顔を上げた。

身体を立て直すと同時、空気を弾いて走りだす。お互いダメージは大きいはずだというのに、チェスターもまた駆《か》け出していた。

「ッだァ！」

駆ける勢いを乗せ、チェスターの拳が疾走《はし》る。『透拳《バニシュ》』ではない、直線的な、正直な拳打だ。私は上半身の動きで顔を横へとやり、正面からの拳打を避ける。

が——

直後、空気が爆ぜるような音が大きく私の身体を揺さぶった。まるで避けた拳に叩かれた様な衝撃に、意識が揺らぐ。

避けた筈《はず》、と考える前に思い出す。チェスターのやる『これ』は、シジマ流の『不可説転』をより攻撃的に尖《とが》らせたモノだと。『不可説転』も攻撃と衝撃波の同調攻撃は可能だが、身体全体で生み出しているぶん、チェスターの様に拳の後をフォローする様な使い方は出来ない。

高速の拳を避けても、衝撃波が相手を捉えるというわけか、鬱陶《うっとう》しいことを考えつく！チェスターの拳打には、本当に隙《すき》というものが存在しない。透拳《バニシュ》はそもそもの隙が少なく、この技は衝撃波がその隙をフォローする。……もしかすると、これらはシジマ流のように後の先を得意とする武術相手を想定して編み出されたものなのだろうか。

私とチェスターの付き合いは——私からすると——もう大分長くなる。それは即《すなわ》ち奴とシジマ流との付き合いの長さでもある。

しかし奴は、私の前に、我が師とも長き戦いを繰《く》り広げてきたのだ。

我が師と殴《なぐ》り合えるだけあって、チェスターの相手は並の者では務まらない。……ならばやはり『プライム流決闘術《けっとう》』が受け殺しへと成るのは必然なのかもしれぬ。

……シジマ流と続く戦いの歴史こそが、チェスターの『武』だというのならば、私はなおのこと負けるわけにはいかない！

衝撃波で弾き飛ばされた視界の端《はし》に、番《つが》えられたチェスターの拳を見る。拳を直接受ける程ではないが、衝撃波のダメージは無視できないものを持っている。今は立っていられても、二度三度と頭を揺さぶられれば、やがてそれは私を地面へ誘《さそ》う重石《おもし》となるだろう。だがこの姿勢からでは回避《かいひ》は困難。ならばどうするか？　前へと進むしかない！

目に光を戻《もど》し、私は歯を食いしばった。崩《くず》れそうになる身体を立て直し、揺れた身体を一気に前へと引き戻す。

空気が弾《はじ》け、引かれたチェスターの拳が放たれる前に、チェスターを叩《たた》く。私の『不可説転』に攻撃《こうげき》としての威力は然程《さほど》ないが、その効果面積が生み出す戦局の制圧力ならば、局地的な威力に特化したチェスターの衝撃波よりも上だ！

攻撃の直前を叩かれた事により、チェスターの身体が揺れる。

未《ま》だ動けるのか。奴の顔がそう語るが、私が踏み込むとその顔は「そりゃそうか」と変化した。

舞台《ぶたい》はチェスターの間合いから、小柄《こがら》で自由が利《き》く私の間合いへと変化する。内に潜《もぐ》り込めば、私の方が有利だ。衝撃から立ち直るチェスターに、移動を兼《か》ねてもう一度爆ぜる空気の波を叩き込む。

チェスターの体勢を崩しつつ、私はすれ違うようにチェスターの横へと並び出た。

そこから腕を伸《の》ばし、チェスターの後頭部へ肘《ひじ》打ちを叩き込む。数百年磨《みが》き続けた奴《やつ》と、一度最初からの出発を経《へ》た私では、魔力の量には差がある。これで勝負が決してくれれば楽なのだが、そうはいかんだろう。

故《ゆえ》に、私は考える間もなく追撃《ついげき》へと移行する。後頭部へ打ち込んだ肘を起点に、私は自らの身体を浮《う》かせた。棒にかけるフックの要領だ。軸《じく》を中心とした回転の動きで、豪快《ごうかい》に身体を振《ふ》るう。

「ッぶ！」

そこから、チェスターの頰へ膝蹴《ひざげ》りを叩き込んだ。普段《ふだん》しないような曲芸的な動きが故、体重の全てを乗せきることは出来なかったが、手応《てごた》えはあった！

膝を入れられたチェスターの身体が沈《しず》み始める。思わず喜びが顔に出そうになるが、沈みゆくチェスターが私の瞳《ひとみ》を睨《にら》みつけた事で、そんな気は無くなった。

無茶苦茶だ。倒れて当然——倒れるべきダメージを受けながら、チェスターは私の足を摑《つか》んでくる。当然、空中にいる私は為《な》す術《すべ》も無い。

「らァアッ！」

そこからチェスターは、無遠慮《ぶえんりょ》に、子供が棒を振るように私の身体を地面へと叩きつけた。

「ガッ……！」

重さが、高さが、私の後頭部に非日常の光景を叩き込んだ。視界が揺らぐ、溶《と》ける、回る。頭に、脳にダメージを受けるとこうなる……！　視界と思考が闇《やみ》に塗《ぬ》りつぶされていく。袋《ふくろ》に入れられて振り回されているようだ。

ここで意識を手放すことが出来ればどれだけ楽だろう。痛み以上の吐《は》き気《け》が、身体中に纏《まと》わりついて締《し》め付《つ》けてくる。

だが、それを出来ないのが武術家の辛《つら》いところよ――！

ぐちゃぐちゃにかき混ぜた卵のような視界の中に、黒い不純物が現れる。恐《おそ》らくはチェスターの脚が、私を踏み潰《つぶ》そうとしているのだろう。受け入れれば、最早《もはや》意識など保っていられまい。私は、無様《ぶざま》も気にせず地面を横へと転がった。踏み砕かれた石が飛び跳ねてきて頬を切る。しかしまだ終わらない。転がった先へ、再び踵《かかと》が振り下ろされる。

またも私は転がり、それを避《よ》けた。先ほどと違うのは、転がる勢いを利用して立ち上がったことだ。

視界は未だ揺れているが、いくらかはマシになった。それでも身体を襲う倦怠感《けんたいかん》は取れず、腕を下方へと引いている。

受けたダメージは、深刻だ。

最早この調子では『不可説転』は使えないだろう。しかし、それは奴も同じはず。

「……その技」

「あ？」

「厄介《やっかい》だな」

「だろ？　イワオのヤツにゃ散々やられたからなァ……俺も、ちィと仕返ししてみたくなったのさ。弟子のお前にやり返してんじゃ、情けねぇけどな」

血で声を汚しつつ、チェスターは笑った。その声にはもう力強さは無い。が――十分すぎるほどの覇気《はき》はまだ、漲《みなぎ》っていた。

「なんでかねぇ、お前さんもそろそろアイツと同じことをしてくるような気がしてたんだ。そしたら俺もよ、一歩先へと進まにゃァならねぇ」

震《ふる》える手を顔の前へとやり、感覚を確かめるように握るチェスター。

イワオ様と同じことを、か。チェスターの言葉を反芻《はんすう》しながら、我が師へと思いを馳《は》せる。

……どれだけ追い続くれども、ついにその肩《かた》を叩くことは出来なかった遠い背中。あの偉大《いだい》な武術家に追いつけたかというと——くく、怪《あや》しいものだな。

私と同じく、奴もその背を追ってきたのだろう。その表情には、どこか物悲しいものがあった。

手が届かなかった我が師の奥義《おうぎ》を手中に収むれども、未だあのお方に勝てるかと問われれば、勝てるとはいいがたい。やる前から諦《あきら》めるということはないが、それでも勝てると自信を持ってはいえぬ、大きな背中。

しかし——今見るべきは、幼き日に見る父の様な、大きな幻影《げんえい》ではない。

共に肩を並べて走る、強敵の方だ。

「お互《たが》い、苦労するな」

「あァ……ったく、勝ち逃《に》げはズリぃよなァ」

鮮烈《せんれつ》な姿をこの目に焼き付けつつも、先に逝《い》ってしまわれた師匠。流派は違えども、その影《かげ》を追って歩み続けたこの男は、私と同じくイワオ＝シジマの弟子のようなものなのかもしれんな。

困った。尚更《なおさら》、負けられなくなってしまった。

「……行くぞ」

「おうよ」

一陣《いちじん》の風が吹《ふ》くと、砂が風に攫《さら》われていく様に、私達の顔から笑みが消えた。

お互い負ったダメージのため奥義は使えない。……折角新技を引っさげてきても、結局はこれか。

──死の淵《ふち》までの、根比べ！　生憎《あいにく》と根性論《こんじょう》は──大の得意だ！

「そォらァッ！」

乱暴に地を踏《ふ》みしめ、瞬《まばた》きする程の間に距離《きょり》を詰《つ》めたチェスターが、拳《こぶし》を構える。此度《こたび》の技は──やはり、先程の衝撃《しょうげき》拳でなく『透拳《バニシュ》』！

拳が放たれると、風が悲鳴を上げる様に断《いなな》いた。奴の目線から、見えぬ拳以外の身体から、狙《ねら》う位置を予測し、首を振るう。重く鋭《するど》い拳は、刃《やいば》の様に頬《ほお》を切りつけていった。

鍛《きた》えられた拳は刃を不要とする。打撃《だげき》系の武術家では然程珍《めずら》しくもないが、だとするならばこの男のそれは名剣《めいけん》と呼ぶに相応《ふさわ》しい。

顔をかすめた不可視の拳が引き戻ると、私はそれを追うようにして間合いを詰める。余程のことがなければ気にならないのだが、この男と戦うとこの一歩がたまらなくもどかしい。

……いや、やめよう。無い物ねだりをしても仕方がない。後であそこで何をしていれば。何をしていたら。そんな後悔《こうかい》をするのはごめんだ。

故に私にできるのは唯《ただ》一つ。己《おのれ》の全てをぶつけることのみ。

私が奴を間合いに収めると、奴は直《す》ぐ様戻った腕《うで》で『透拳《バニシュ》』を放ってきた。破れかぶれは奴も一緒《いっしょ》なのだろう。

今度は腹部を狙う奴の腕を右腕で絡《から》めとる。この一撃《いちげき》を許せば、戦局は奴の方に大きく傾《かたむ》いていただろう。しかし私は避けるのではなく、捕《と》ることを選択《せんたく》した。死線の一歩や二歩くらい潜《くぐ》っていかねば、常に死線の上を歩むこの男には勝てないからだ。

チェスターの『透拳《バニシュ》』の勢いを借り、私は回転するように奴の左腕の外側へと躍《おど》り出た。打撃系の武術家にとって、逆側の手が届かぬ『腕の外側』というのは一つの課題だ。獣人《じゅうじん》の国では神職の様な者達が、悟《さと》りの境地へと征《ゆ》くべく、同じ神職の者に難題を問いかけるという。

それを我が師は『禅問答《ぜんもんどう》』と呼んでいたが――これは、私から奴への問いかけだ。回転の勢いを乗せ、拳を放つ。さあ、答えや如何《いか》に！　打撃の道を究《きわめ》るべく、私とはまた別の道を行くチェスター。果たして、奴の出した答えとは――

「――ッ、舐《な》めんな！」

頭を振り被《かぶ》っての、頭突《ずつ》きだった。

額と額がぶつかり合い、目の前が白に染まる。

突然《とつぜん》の鈍痛《どんつう》に、私は芯《しん》を失ったように身体《からだ》を揺《ゆ》らした。見れば、奴も同じ。それはそうだ、同じような力が同じようにぶつかり合ったのだ。こうなることは必然だろう。

……くく、ははは、無茶苦茶だ！　それでも、私の難題に答えてみせたか！

やはり此奴《こいつ》と戦うのは、楽しい。

お互いにふらついていることに気が付くと、チェスターはほぼ反射的に拳を突《つ》き出してきた。

奴の方が立ち直りが早いのは、いつものことだ。頬へと向かって来る拳。私は、その拳の先を行くように顔を背《そむ》けた。だが当然、拳のほうが早い。

チェスターに殴られ、身体が揺れる。しかし、拳を放ったチェスターも満身創痍《まんしんそうい》。ダメージはそれほど大きくない。

だったら動け。重い身体に喝《かつ》を入れ、殴られた勢いのまま回し蹴《げ》りを放つ。『透拳《バニシュ》』でもない拳打を無理やり放ったチェスターは、普段のそれと比べれば緩慢《かんまん》な私の蹴りを避けることが出来ない。

小さな脚《あし》が、丁度殴《なぐ》られた所と同じ場所を叩《たた》いた。

脳を揺らされたチェスターが脚を縺《もつ》れさせる。今すぐその隙《すき》に拳を叩き込んでやりたいところだが、生憎と私の方もそれどころではない。

大きくないダメージとはいったが、決して小さくもないのだ。

ひな鳥が飛ぶように力ない動きで、私達は後ろへと下がっていく。それでも睨み合っているあたり、私達は大概馬鹿者《たいがいばか》だ。

こいつにだけは後ろを見せられない。大方、奴が考えているのもこんなものだろう。

「く、くくく、頭突きとはやってくれる……」

「バカヤロー、ざま見やがれ……!」

「はっ、情けない足取りで……よく、言う!」

「手前《てめ》ぇも、だろうがァ!」

悪態をつきつつも、お互いわかりやすすぎるほどの満身創痍であった。

自分でいうのもなんだが最早、意識を保っているのも不思議なくらいだ。残された力は多くない――動けてあと一回。

そしてそれは、チェスターも同じだろう。

――次に、賭《か》けるしかない。そんな状態に、浮かぶのは何故か笑みだった。

決して捨《す》て鉢《ばち》になったわけではない。力ない笑いでもない――ただ、楽しいのだ。

「けけ、なァに笑ってんだい……」

「は、貴様こそ……」

結局いつもこうだ。こいつと戦うと、最後は必ずこうなる。

意地の、張り合いに。

（ダメージは深刻だ……不可説転はもう無理か。試製桜花は……これも不可能、だな。これが殺し合いならば別だが――流石《さすが》にそろそろ、命を粗末《そまつ》に扱《あつか》うわけにもいかん）

脳裏《のうり》に浮《う》かぶのは、今生《こんじょう》で出会った者達の姿。そして、我が娘《むすめ》アルマの泣き顔だ。

命を捨ててまでも一度の勝利を。そう思うことは少なくなかったが、今の私にそれをする権利はない。チェスターも同じだろう。シェリルを残して死ぬわけにはいかないはずだ。

……くく、ようやく一つ大人に――いや、真っ当な人に近づいた気がするな。

死んだら死んだまで、なんて考えはもう終わりだ。それが悪いことだとは未だ思えないが――何故《なぜ》だか今は、無性《むしょう》に人として此奴に、チェスターに勝ちたい。

最後の一合を前に、大きく息を吸い込んだ。不可説転でズタズタになった身体が、チェスターの一撃でボロボロになった内臓が鈍《にぶ》く痛む。

だがそれとは裏腹に心は落ち着いていた。

不思議と、負けに対して気負《きお》っていない自分に気がついた。それは――この歳になってようやく、チェスターを認めることが出来たからだろう。

我が最大の敵にして、最高の友。

だからこそ、敗けるわけにはいかぬ！

目を見開き、眼光を研《と》ぎ澄《す》ます。心は最高の状態だ。今征《い》くしかない。心に押されるようにして、私は勢い良く駆《か》け出した。

それはチェスターも同じだった。共に駆け出す私達は瞬《また》きの間に拳を交えるだろう。

一瞬《いっしゅん》という言葉さえも憚《はばか》るような短い時間を、私はどこまでも永く感じていた。

視線が、思いを乗せて交差する。

拳を振《ふ》りかぶると、チェスターもまた拳を振り上げるのが見えた。

これを当てた方が、この試合に勝つ。

ならば届ける。意地を、誇《ほこ》りを、そして——最高の宿敵に出会えた感謝を！

「おおおおおおッ！」

「らあァァァァッ！」

獣じみた咆哮《ほうこう》が木霊《こだま》する。

拳に込める魔力《まりょく》は、試製桜花を発動していた先ほどに比べれば微々《びび》たるものだ。

だが、何故だか拳は、先ほどよりもずっと重かった。

小細工《こざいく》なしの、文字通り意地と意地のぶつかり合い。とうとう私達を隔《へだ》てる距離が無く

なった瞬間《しゅんかん》、先に動いたのはやはりチェスターであった。

身体の長さの分秀《ひい》でたリーチが、奴《やつ》にはある。この結果は承知のうえだ。

ならば、私はそれだけ軽い身体で速く動けばいい。根拠《こんきょ》も何もない根性論だが、ギリギリの一線を超《こ》えるのは、いつだって根性だ！

ひどくゆっくりに見える世界の中、互いの拳が互いを狙う。

実際は凄《すさ》まじい速度で流れる、僅《わず》かな時間の中での事だ。拳を放った、と思った直後には、衝突《しょうとつ》の衝撃《しょうげき》が身体を揺らしていた。

雷《かみなり》が轟《とどろ》くような音が響《ひび》く。身体から広がった衝撃が空気を揺らす。

果たして、相手の姿を拳で捉《とら》えたのは──

「ぐ……く……」

「んぎぎぎぎィ……」

──二人、同時のことであった。

私の拳はチェスターの顔を歪《ゆが》め、チェスターの拳は私の頬から脳を揺らす。

どろどろの飴《あめ》細工のように溶《と》けていく視界の中、それでも宿敵の姿を捉える瞳《ひとみ》が、チェスターが崩《くず》れ落ちていくのを見届けていた。

しかし──私もまた、もう立ってはいられなかった。

後ほんの数秒立っていられれば、勝っていた、ものを——

急速に暗転していく世界の中、私は、笑っていた。

ああ畜生《ちくしょう》、勝ちてぇなぁ。

何故だかその悔《くや》しさは、どこか心地良いのだった。

◆

「……」

意識を取り戻《もど》した私は、いつもそうするように、半ば事務的に眼を開けた。

最初に目に飛び込んできたのは、赤焼けた空だ。

身体の感覚を思えば、一日は経《た》っていないだろう。かといって、すぐに目が覚めたという気分もない。であれば、あの赤い空は朝焼けのものではなく、夕暮れによるものだろう。

どうやら、随分《ずいぶん》と眠《ねむ》りこけていたようだ。

「起きているか、チェスター」

空を見上げたまま、近くにいるであろうチェスターに声をかける。前に戦った時は、奴が最初に動いて介抱《かいほう》までされていたが——

「……あァよ、今起きたところだ」

足元の方、同じ高さから声がする今回は、そのようなこともなかったらしい。であれば、少なくとも負けたというわけではないようだ。

勝てなかった。しかし、負けてもいない。

永く生きているが、引き分けなんていうのはまだ珍《めずら》しさを感じるものだった。といっても、経験した引き分けは殆《ほとん》どが此奴とのものだったので、そういう意味ではまたかという思いはある。

「ククッ……なあチェスター」

「ンだよ、どうした?」

けれど何故だか、今回はそれが愉快《ゆかい》で仕方がなかった。喉《のど》を鳴らし、私は上体を起こした。

それにつられてチェスターも同じように上体を起こすと、向かい合う形になる。

今起きたばかりなのだから当然だが、怪我《けが》を治していないため、その顔は大きく腫《は》れていてひどく間抜《まぬ》けに見えた。

恐《おそ》らく、私も似たようなものなのだろうな。こんな顔、ソーニャやアルマには見せられん。

さっさと身体を休めて治したいところだが――その前に、一言言っておかねば。

「次は勝つ」

痛む顔で不出来な笑みを作ると、チェスターはにかりと顔を歪め、笑った。

「馬《ば》ァ鹿《か》、次勝つのは俺だ」

その笑顔はやっぱり不格好なもので――気がつけば、私は声をあげて笑っていた。

……勝てなかったというのに、なんと清々《すがすが》しい気分なのだろうか。

互《たが》いの顔を、声を出して笑うという状況《じょうきょう》さえも面白く、中々笑い声を止めることが出来ない。

こんな関係が、永遠に続くと良いのだがな。

ふと、そんな事を思うが、チェスターももう爺《じじい》だ。何年後かは分からないが、順当に行けば奴は、私よりか先に逝《い》ってしまうだろう。

それはやはり哀《かな》しいことだ。だが、それは最早どうしようもないこと。

ならば、今を楽しむしかない。この身体になってから、チェスターには随分と白星を稼《かせ》がれてしまった。その負け分も返済せず、逝《ゆ》かせてなるものか。

次は勝つ。次も勝つ。此奴と戦った後は、いつもそんなことばかり考えている。

それ故に――私は、変わらない関係というものを思う。

最高の友で、最大の敵。その関係はもう、死ぬまで変わらないのだろう。

だから私は強く思う。

次こそ勝つ、と。

向かい合う位置関係の私とチェスターは、揃《そろ》って顔を横へと向けた。

そこには、真っ赤に輝《かがや》く夕日の姿。

あの赤い光も、何百何千、何万年と変わらず輝き続けてきたのだろうな。私達も、願わくばそうありたいものだ。

「チェスター」

「なんでぇ」

「また、闘《や》ろう」

「……おう」

強く、なりたい。その理由など探したことも無かったが、今はチェスターに勝ちたいというのも理由の一つなのだな。

次の目的地である人間の国は、この日の向こうにある。

ミラフィアを出れば、此奴《こいつ》とも暫《しばら》くは会えぬだろう。そして、次に合う頃《ころ》にはチェスターも更《さら》に強くなっているはずだ。

ならば、やはり私も強くならんといかんな。

もう、私とチェスターの間に言葉はなかった。……いや、必要がなかったというべきか。

結局日が落ちてゆくまで、私とチェスターは赤い太陽を見送るのであった。

より強い、武への思いを抱《いだ》いて──

[特別編]

お兄さん？ お姉さん？

武に身を捧《ささ》げて百と余年。

最強という二文字の幽玄《ゆうげん》を目指し、私はこの身の全てを捧げて武の道を邁進《まいしん》してきた。

苦行としか思えぬ修行は身体《からだ》に幾《いく》つもの傷を刻み込んでいった。

かつて若々しく張りのある筋肉に包まれていた身体は、年を刻むうち何時《いつ》しか枯れ枝《えだ》のように痩《や》せ衰《おとろ》えていく。

だがそれでも私は強くなっていた。

その事実を示すかのように、身体に傷が増えなくなったころ——

私は、病《やまい》を患《わずら》った。

武の道は未《いま》だ半ば。追い求めた二文字、最強という名の頂《いただき》には手をかける事すらまだ許されていない。

全てを捧げてきた私は、とうとうその夢を叶《かな》える事が出来なかったのだ。

病に冒《おか》されてからは、それはもうみじめなものだった。

一日の殆《ほと》どを床《とこ》の上で過ごし、たまに調子が良い時があれば、義務であるかのように訪れた道場で弟子《でし》の闘《たたか》いにすら嫉妬《しっと》する。

しかし、斯様《かよう》な生活も長くは続かなかった。

病は百年近くをかけて鍛《きた》え上げてきた身体をほんの数年で蝕《むしば》みつくす。

私が今際《いまわ》の際《きわ》、最後の力を振《ふ》り絞《しぼ》って訪れた場所は数十年、毎日を過ごした道場であった。

そこで私は養子であり弟子でもある最愛の娘《むすめ》に看取《みと》られながら、息を引き取った。

こうして私の――スラヴァ＝シジマの生涯《しょうがい》は幕を引く事となる。

これが夢に破れた老人の、人生の全てだ。贅沢《ぜいたく》をせず、妻すら娶《めと》らず。ただ全てを武へと捧げて、それでも何も摑《つか》めなかった男の物語。

――だが、この世とは奇妙《きみょう》なもので。この物語には、第二幕が存在する。

「スラヴァくーん！　えへへ、今日も授業お疲《つか》れ様っ！」

少女然とした活力に包まれた声に、私は思わず顔を上げる。

思考の海から引き揚《あ》げられ、息継《いきつ》ぎのように小さな息遣《いきづか》いを浮《う》かべた私の顔は、撃《う》たれた鳥のように間抜けなものだっただろう。

……どうやら、よほど深く昔の事を考えていたらしい。

気がつけば長く尖《とが》った耳を持つ、栗毛《くりげ》色の髪《かみ》を伸《の》ばした可愛らしい少女が、私を覗《のぞ》き込んでいた。

「――ああ、セリアか」

そこにいたのは、十二歳くらい――私と同い年の、小さな女の子、セリア＝クーフルンであった。

エルフという種族の国にある学校に通う私の、大切な友人のうち一人だ。

「どうしたの？　何か、すごく難しい顔をしてたけど」

私の身を案じるように首をかしげる少女に、ふと笑みが漏《も》れる。

さて、どう答えようか。少女に返す答えに思いを巡《めぐ》らせる私は、自分でも少し奇妙だと笑ってしまう答えを浮かべ、くすりと小さく笑った。

「くくく、なに――少し、昔の事を思い出してしまってな」

大して少女と背の変わらない十二歳の少年は――まるで何年も生きているかのように、そういって笑った。

少年の名はスラヴァ＝マーシャル。エルフの国を救った偉大《いだい》な武術家の――今は亡き師《し》匠《しょう》スラヴァ＝シジマ。そんな彼と同じ名前を与《あた》えられた、エルフの少年だ。

趣味《しゅみ》は鍛錬《たんれん》、夢は世界最強。名づけの元となった武術家とまったく同じ夢と、経験。そして記憶《きおく》と心を持つ、ろくでなしの生まれ変わりだ。

志《こころざし》半ばにして病に倒《たお》れた私は、何の因果か長命な種族であるエルフの少年として生まれ変わっていた。何故《なぜ》、何、如何《どう》してと考えた事はない。それよりも、私にとって重要だったのは、もう一度最強を目指し武の道を歩めるという事だった。

生まれ変わってもやる事は変わらない。結局今も私は最強という遥《はる》かな高みを目指している。それこそが私の人生の第二幕だ。

武に身を捧げて百と余年。とうとうこの手に頂を掴む事叶はじ。だが、私はエルフという長寿《ちょうじゅ》の種族に生まれ変わり、二度目のチャンスを得る事となった。

エルフでやり直す武者修行——ここに開幕。

◆

「でも珍《めずら》しいね。スラヴァくん、普段《ふだん》しないような顔してたよ？」

なんかお爺《じい》さんみたいな。帰り支度《じたく》を続ける私に、セリアはそう言葉を続け、笑った。

「お爺さんとは、心外だな」

一日の授業が終わった今、私は可愛らしい友人の言葉を笑いながら聞いていた。子供というのは案外侮《あなど》れないもので、的《まと》を射た指摘《してき》に、私の笑みには苦《にが》い色が混ざっている。

いくら親友とはいえ、私は実は百数歳にして死んだ武術家の生まれ変わりなのだ、と言っても信ずる者はそうそういまい。

前世の私が少しばかり有名な事もあり、私は身の上を隠《かく》して生きていた。

「スラヴァくん、大人っぽいからねー。昔は中にお爺さんが入ってるって噂《うわさ》もあったんだよ？」

「は、はは……なんだそれは」

私の小さな抗議《こうぎ》に、セリアは笑う。

乾《かわ》いた笑いを浮かべる私は、その言葉に焦《あせ》りを覚えていた。

的を射た、とはいうが的中ではないか。笑い話の一つに過ぎないとはいえ、流石《さすが》に肝《きも》が冷える。

「ねえねえそれよりさ！　明日《あした》と明後日《あさって》のお休み、二人でどこか行こうよ！」

そんな私の心労などいざ知らず、セリアは話題を元々する予定であったであろう、明日と明後日――即《すなわ》ち、休日の予定へと切り替《か》える。

明日と明後日に休日を控《ひか》えるこの日は、学生にとっては毎週訪れる特別な日だ。

「私は久しぶりに街にお出かけしたいなっ！　アクセサリーとか見たいんだー」

セリアもそれは多分に漏れず、嬉々《きき》として休日の予定を広げてくる。

さて、話題転換《てんかん》は今の私にはありがたい事なのだが――楽しげに語るセリアを前に、私はまたどうして良いか分からなくなっていた。

学生の身にあって不自然でないよう実力を隠して修行を続ける私にとって、人里を離《はな》れて思う存分修行に打ち込める休日は、学友達と変わらず貴重なものだ。

しかし、休みは週に二日はやってくるもの。他ならぬ親友のためであれば、一日二日と空けることくらいは問題ではない。

……ならば何が問題か。

「ち、ちと待てセリア。悪いのだが、明日明後日と先約があってな……」

簡単な話、別の友人との先約があるのだ。

「えー、そうなの？　ううー……もしかして、またシェリルちゃんのお家？」

しかも、何故だかセリアと少しばかり折り合いの悪い友人と、だ。その質問にこくりと頭を下げると、セリアは笑顔を曇《くも》らせて俯《うつむ》いてしまった。

……ううむ、参ったのう。折り合いが悪いというよりは、セリアが相手を一方的に苦手としているようなのだが。

普段のセリアは誰《だれ》にでも明るく良い子なのだが、どうにもシェリルという私の友人は苦手らしい。

いずれは仲良くなって貰《もら》いたいと思うが、難しいものよな。

「でも、先にお約束してたなら、しょうがない……よね」

私に背を向けて、目に見えて落ち込んでしまうセリアに、情けなくも慌《あわ》ててしまう。

子供心と女心は、養子がいたとはいえ生涯を独身で過ごした私の手には余るものだ。

どう言葉を掛《か》けたらよいかと、顔に渋《しぶ》い色が混ざり始めた、その時だった。

「……うん、分かった！　楽しんできてね！

でも、その代わりに……」

背に手を組んだセリアが振り返る。

「来週は私に時間をちょうだい？　私、スラヴァくんと観《み》たい劇があるんだ」

振り返ったセリアの笑みは、何かを企《たくら》む悪戯《いたずら》っ子の様だった。実際に何かを企んでいるのだろうが、今の私にはそれが罠《わな》とわかっていても踏《ふ》み込むほかない。

「……む、わかった、きっとそうするように約束しよう」

「えへへー、うんっ！　楽しみにしてるからね！」

確かな約束を結び、頭を撫《な》でるとセリアはようやく何時《いつ》もの笑みを取り戻《もど》した。

なんとか機嫌《きげん》を取り戻したようだ。手を振りながら帰っていくセリアを見送りながら、息を吐《は》く。

随分《ずいぶん》と懐《なつ》かれてしまったものだ。だが、セリアとの時間はついぞ見る事の無かった孫《まご》娘《むすめ》との時間のようで、どうにも嫌《きら》いになれない。

……さてと、では私も明日からに備えて帰るとしようか。軽い荷物をまとめた私は、学友達の減っていく教室の中、立ち上がった。

今週も来週も休日が埋《う》まるとは、なんとも忙《いそが》しい事だ。

ままならぬ我が身に、それでも笑みがこぼれるのは何故だろうな。

教室を照らす夕陽のように温かな心で、私は寮《りょう》へと向かうのだった。

◆

「……相変わらず、趣味の悪い家だな」

眼前に広がる広大な庭と、その奥に見える巨大《きょだい》な屋敷《やしき》を見て、私は落ちる雨露《あまつゆ》のように小さな悪態を呟《つぶや》いた。

大きさもそうだが、何もかもが大仰《おおぎょう》に造られた屋敷は、装飾華美《そうしょくかび》を好まぬ私とはとことん合わない。

だからこそこの家の持ち主ともしょっちゅう喧嘩《けんか》していたのだろうな。などと考えながら、門から屋敷までの無駄《むだ》に長い道のりを歩く。

屋敷の前には、既《すで》に私を呼びつけた館《やかた》の主《あるじ》が、彼とは似ても似つかない可愛らしい孫娘を連れて立っている。

「遅《お》っせェなあ、ちったァ急いだらどうだ」

「ふん、だったらこの無駄な道のりを縮めたらどうだ。何の意味があるか分からんぞ」

年月で頭を白く染めた老人が、声の掛かる距離《きょり》まで近づいた私に悪態を吐《つ》くと、私も反射的に同じものを返していた。

外見で言えば、私は十歳と少しの少年、相手は——人間で言えば、七十を超《こ》えた老人。

人間の約十倍の寿命《じゅみょう》を持つエルフで考えれば、七百年以上を生きた妖怪《ようかい》という事になる。

常識から考えれば、私は年長者である彼には敬意を示さなければならないはずだ。

だが、前世からの腐《くさ》れ縁《えん》である奴《やつ》にそれを使うのは——我ながら子供っぽいと思うが

——プライドが許さぬ事の一つであった。

「けっ……なんだ、元気そうじゃあねえか」

「貴様もな。まあ……なによりだ」

「けっけっけ、懐かしいなァ、こうして悪態吐きあうのもよ」

老人の名はチェスター＝プライム。裏の武術会の頂点として幾度《いくど》となく私と拳《こぶし》を合わせた、いわばライバルという存在だ。

悪態を吐きながらも、お互《たが》い楽しそうな——事実楽しいこのやり取りは、前世から変わらないものだ。

チェスターは、スラヴァ＝マーシャルというこの身の事情を知る、数少ない者の一人だった。

お互いに攻撃的《こうげきてき》な笑みを浮《う》かべ、笑いあう。

自分を偽《いつわ》る必要がないこの場は、なんだかんだといっても居心地《いごこち》はよい。

——しかし、わざわざ休日を利用してチェスターの屋敷を訪れたのは、こいつと昔話をするためではない。

訪ね人は、別にいる。

「スラヴァくんっ」

私がチェスターと笑いあっていると、チェスターの隣《となり》に控える少女が私の名を叫《さけ》んだ。

そして、間髪《かんはつ》いれずに少女は私の元へと駆《か》けだす。

「っと、シェリル、良い子にしていたか？」

「うんっ」

駆けてくる少女を受け止めると、私は抱《だ》きつかれた衝撃《しょうげき》で僅《わず》かに後ろへと押し下げられた。……相変わらずの、大木をなぎ倒すような威力《いりょく》。力加減はまだ上手《うま》く出来んようだ。

平原に積もった新雪の様な肌《はだ》と髪を持つこの少女の名は、シェリル＝プライムという。

我が悪友の孫娘にして、私の大切な友人の一人だ。

良い子にしていたか、という問いをシェリルに向けると良い返事が返ってきたが、私は同時にチェスターに視線を送っていた。

そのチェスターから返ってきたのは、肩《かた》をすくめて首を振《ふ》るうジェスチャーだ。

……どうやら、思わしくはないようだ。とはいえシェリルは嘘《うそ》をつくような子ではない。努力はしていると見るべきだろう。

「……そうか、偉《えら》いぞ」

色々と思うところはあるが、私はその努力を買って、追及する事はしなかった。

我ながら甘いとは思うが、親友の孫娘という彼女にはどうにも甘くなってしまうな。

私に褒《ほ》められたシェリルは、私の胸にうずめていた顔を勢いよく上げ、その紅《あか》い瞳《ひとみ》を煌《きら》めかせる。

魔人《まじん》という好戦的な種族のみが持つ紅い瞳は、子供らしい喜びによって光を得ていた。

――このシェリルという少女は、魔人とエルフのハーフである。

魔人という種族は好戦的で野蛮《やばん》といわれているが、そういった色眼鏡《めがね》を外して見るこの子は、誰よりも純粋《じゅんすい》で子供らしい少女だ。

「ホラホラ、立ち話もなンだし、とりあえずは家に入るぜ。駄弁《だべ》るのは飯でも食いながらにしようや」

力加減が下手《へた》なシェリルに万力《まんりき》のような力で締《し》めあげられていると、不意にチェスターが手を叩《たた》き、乾いた音を響《ひび》かせた。

祖父であるチェスターに促《うなが》されたシェリルは、渋々《しぶしぶ》といった様子で私を解放する。

鍛《きた》えていなかったら今頃潰《いまごろつぶ》れた蛙《かえる》のようになっていたな。あの程度の力であれば痛《いた》くも痒《かゆ》くもないが、それでもそれなりの力による拘束《こうそく》を逃《のが》れた身体は軽かった。

屋敷へと消えるチェスターを追って、シェリルはあどけない足取りで祖父を追いかける。

だがチェスターまで半ばというところまで進んだシェリルは、踵《きびす》を返してあどりない足取りで私へと向かってきた。

「む、なんだ？」

目の前で止まったシェリルに、疑問を投げかける。

「……一緒《いっしょ》に、行こう？」

顔に疑問符《ふ》を浮かべる私に構わず、シェリルは私の腕《うで》を取って、自分の腕と組みあわせた。

……ふむ、久しぶりであるからか、随分と上機嫌《じょうきげん》だな。

最初に会った時は酷《ひど》く空虚《くうきょ》な雰囲気《ふんいき》を纏《まと》っていたシェリルだが、今は見ずとも分かるほど楽しそうに笑みを浮かべていた。

た。

その様子に、私まで笑みを浮かべてしまう。

生《お》い立ちや力加減が苦手な事から、シェリルには私以外に友人と呼べる存在がいない。

私の存在が彼女を僅かなりと楽しませてやれるのならば、それは非常に好ましい事だっ

「あのね、あのね。いっぱい、喋《しゃべ》りたいこと、あるの」

「うむ、まだ休みは始まったばかりだ。ゆっくりと、沢山《たくさん》お喋りをしよう」

親友の孫という事もあるが、ストレートに好意を示してくるシェリルにはどうにも甘くなってしまうな。

チェスターの奴が甘やかしてばかりだから、私はある程度厳《きび》しくあろうとしているのだがな。この可愛らしさの前では難しいものよ。

上機嫌なシェリルに連れられて食堂へと移動すると、そこには既にチェスターが上座に座って待っていた。

自然と上座を取るというのはこの男らしいと、心中で笑う。嘲笑《ちょうしょう》ではなく、長年付き合った友人の癖《くせ》を不意に見た時のような、微笑《ほほえ》ましい感情だ。

「遅《おそ》かったじゃねェか。まァいい、さっさと座んな」

「ああ、行こうか」

私とは裏腹に、チェスターは私だけに対して刺々《とげとげ》しい視線を向けていた。

理由は分かる。恐《おそ》らく、私がシェリルと腕を組んでいるのが気に入らないのだろう。

まったく丸くなったものだ。かつての宿敵に苦笑を漏《も》らし、いわれる通り食卓《しょくたく》へ着く。

シェリルもまた、私の隣に腰《こし》を下ろした。その動作はさも当たり前といった様子で、椅《い》子《す》に座るや、シェリルは私を強く抱《だ》きしめた。

最初は驚《おどろ》いたが、これも彼女なりの親愛の表し方なのだろう。

「ぐぐ……まァいいさ。久々くらいはシェリルと一緒にいさせてやらァ……」

こんな時ばかりは、シェリルが力加減を苦手としていて――私やチェスターでないとその愛情表現を受け止められなくて良かったと思う。

誰《だれ》かれ構わず抱きつくような事はしないと思うが、もしそれをやってしまったら、シェリルに抱きつかれた者は『見えざる鬼《おに》の牙《きば》』と呼ばれた男の殺気を一身に受けることになる。私は慣れているためどうという事は無いが、その瞳は視線だけで人を殺せそうな凶悪《きょうあく》なものだ。

とんでもない爺馬鹿《じじばか》になった宿敵に苦笑いを浮かべていると、使用人達がテーブルに料理を並べていく。

「ほら、メシだぞ。そろそろ離《はな》れな」

「……むう、わかった」

　食事が並んでいくと、行儀《ぎょうぎ》が悪いということを指摘《してき》したチェスターに従い、シェリルは名残惜《なごりお》しそうに私から離れた。

　……ここで終わればごく普通《ふつう》の食事会といったところだったのだが、そこは流石《さすが》のプライム家。問題が起きぬというのは、あり得ないらしい。

「スラヴァくん、あーんして……？」

　爆弾《ばくだん》を投げ込むのは、何時でもこの純粋な少女だ。

　一口分の料理がスプーンに載《の》せられ、小さな手を添えて私の前へと差し出される。

　これにはチェスターはもちろん、私も固まっていた。

「あーん」

　どうやら――いや、分かり切っていた事ではあるが、これを食べろという事らしい。

　確かに身体《からだ》の年齢《ねんれい》は若いが、百歳を超えた老人が、十と少しの少女から食事を山に運ばれるというのはどうにもむず痒《がゆ》い。

　どうしたものかと戸惑《とまど》う私は、その場凌《しの》ぎにスプーンの向こうに見えるチェスターの表情を窺《うかが》うと、そこには憤怒《ふんぬ》というにふさわしい顔が浮かんでいた。

　私の視線はスプーンと、それを差し出すシェリルへ戻《もど》る。

「たべない、の？」

シェリルの表情は先ほどの様な上機嫌とは反対の、悲しげな潤《うる》みを帯びていた。

「……う、うむ……いただこう」

泣く子と女房《にょうぼう》には勝てない。女房はどうか知らんが、私も泣く子には勝てないらしい。

結局、私は差し出された食事を口に含《ふく》んだ。

沈《しず》んでいたシェリルの顔に、ぱあと笑顔の花が咲《さ》く。

妙《みょう》なむず痒さを覚えながら、スプーンに載った料理を口へと移し、スプーンから口を離す。咀嚼《そしゃく》するも、今一つ味がわからん。

「……ありがとう、美味《うま》かった」

「……！　うんっ！」

だがこの子の笑顔を曇《くも》らせる事は出来ない。

ようやく料理を飲み込んだ私は、精一杯《せいいっぱい》の笑顔でシェリルに礼を述べた。

……少し疲《つか》れたが、この子の笑顔のためならばこれくらい。苦い色が混じるも、私は何とか笑顔を保っていた。

しかし、シェリルは止まらない。

私の目の前に、再びスプーンが現れる。今度は、料理は載っていない。疑問を視線に乗せ、何事かとシェリルの瞳を見据《みす》える。

「今度はスラヴァくんが、たべさせて……？」

……ああ、そういえばこういう子だったな。

普段《ふだん》チェスター以外の人と接する事が少ないからか、シェリルは大変な甘《あま》えん坊《ぼう》なのだ。

「……うむ、わかった」

どうあっても食事会が平穏《へいおん》に終わらぬ事を悟《さと》った私は、ただシェリルのことだけを考えることにした。

食べやすい量の料理を掬《すく》い、シェリルの口へと運んでいく。

するとシェリルは小さな口を精一杯広げ、スプーンを頬張《ほおば》った。料理の味か、それとも別の何かか。幸せそうに笑うシェリルを見ていると、私まで満たされていく。

ならばもう、なんでも良いか。視界の端《はし》で歯ぎしりをするチェスターを無いモノとし、私は結局シェリルを甘やかしてしまうようだ。

こうして食事会は進んでいき、やがて食卓に並べられた料理はほとんどが平らげられていた。

贅《ぜい》を好まぬ私だが、それでも良い料理は素直に美味いと思う。大切なのは味よりも栄養というのは変わらないが、紅茶を一口啜《すす》り、たまには良いかと息を吐《は》いた。

「はァ、食った食った」

「ああ、御馳走《ごちそう》になった。美味かったぞ——と、シェリルや、口の周りが汚《よご》れているな」

備え付けられたナプキンで、シェリルの口を拭《ぬぐ》う。出来る限り繊細《せんさい》な動きで口の周りの汚れを取ると、そこには普段通り白く柔《やわ》らかな頬《ほお》が現れていた。

「ん——ぷは、ありがとう」

目を瞑《つぶ》り、心地《ここち》よさそうにしていたシェリルがゆっくりと瞳を開く。

そんな仕草が境目となったのだろうか。食事を終えた私達に、僅《わず》かな沈黙《ちんもく》が流れる。

嫌《いや》な雰囲気ではない。むしろ腹を満たした故《ゆえ》に訪れた眠気《ねむけ》や倦怠《けんたい》感に包まれた、心地よい空気だ。

気《け》だるげな瞳をこするシェリルに、楊枝《ようじ》で歯を掃除《そうじ》するチェスター。私は、再び紅茶を啜って小さく息を吐いた。

時刻はまだ昼だが、子供の身体を持っていると、この時間の満腹感というのはどうにも眠気と繋《つな》がりやすい。

幼さ故に眠気に傾《かたむ》こうとする身体を、百年以上連れ添《そ》った心で正し、何気なくシェリルに視線を送る。

普段から物静かなシェリルは、何時《いつ》もよりか静かで、何かを考えているようだった。

……ふむ。食事を終えたらすぐにでも遊ぼうと腕を引かれるものかと思っていたが、何を想っているのだろうな。

特にする事もないのでじっとシェリルを見ていると、シェリルは不意に私の視線を捉《とら》えた。

見つめあう形になったため、なんとはなしに視線を外せなくなる。

どうした、と。私が声をかけようとした、その時だった。

「……私と、スラヴァくんって……どっちがお姉さんで、お兄さんなんだろう？」

疑問を浮《う》かべていた表情をそのままに、シェリルは首を横へと傾けた。

突如《とつじょ》として投げかけられた質問に、私は思考の海へと落ちてゆく。

――どちらがお姉さんか、お兄さんか、ときたか。何気ない少女の問いかけは、私を唸《うな》らせるに十分なものであった。

今はエルフの少年として生きる私だが、その身体を動かす精神は百と少しまで生きた人間の老人のモノだ。

そちらの年齢を合わせて考えれば、私は現在百十歳を超《こ》えた老人ということになる。エルフとして考えれば百歳と少しなどまだまだ若造といったところだが、十五歳のシェリルと比べれば、私の方が遥《はる》かに年上という事になる。

しかし、身体の年齢を考えるならば、十二歳の私は十五歳のシェリルよりか年下だ。

思えば、なんとあやふやな存在か。

エルフとしては未だ若く、人間として考えれば化石もいいところ。身体はといえば、幼いときたものだ。そこを考えるとこの質問は――難しいものだな。

「……スラヴァくん？」

「ああいや、すまぬ。そうだな、少しばかり気になるところではある」

無味無臭《むみむしゅう》な表情を隠《かく》すように口へあてがった手を外すことなく、私は覗《のぞ》き込むシェリルの瞳《ひとみ》に応《こた》えを返した。

身体を動かすことを専門としている人間である私は、頭が良い方ではない。どころか、自分でも少しばかり頭が弱い方だと思っている。

だがこれは、多少考えたからといって答えが出る問いかけには思えなかった。

「なんでェ、そんなことを考えてたのかい」

解の出ない質問に頭を悩《なや》ませていると、あっけらかんとしたチェスターの声が食堂を広がっていく。

声に誘《さそ》われるように、私は自然にチェスターの瞳を見据える。

いくら考えようとも答えの出ない疑問。

たやすくいい放つチェスターに例えようのない敗北感を感じつつ、それでもこの茫とした思考に決着を付ける事が出来るのならばと、好敵手の言葉へと耳を傾けた。

「ほう？　ならばお前は何を基準にするというのだ」

幾分《いくぶん》かの敗北感を隠すため、あえて素っ気なく。紅茶のカップを傾けつつ問いかける。するとチェスターは、精一杯の虚勢《きょせい》を張る私の様子など気にした風もなく、答えた。

「なァに、そんなモン簡単だ――俺らァ武術家だぜ？　どっちが上かを決めるなんざ、これ以外に何かあるものかよ」

さも当たり前とでもいうようにいい切ったチェスターは、握《にぎ》り拳《こぶし》を作り、見せつけるようにして突《つ》き出していた。

……期待していた自分が、少しばかり馬鹿馬鹿《ばかばか》しくなった。そういえばこういう男だったな、こいつは。

「……はあ、そんなところだと思ったがな」

一瞬《いっしゅん》でも自分のあり方というものをこの男に求めた事実がなんとも情けない。隠すこともせずに押し出したため息は、僅かに紅茶の香《かお》りを含んでいた。

……とはいえ、私も少し真剣《しんけん》になりすぎていたな。私が今ここにある。それだけで十分だというに、この程度で自分を否定されたようになるとは情けない。

しかし消極的な考えを吹き飛《ふ》ばせたのは、この爺《じじい》のどこか外れた考えに感謝すべきか。

神妙《しんみょう》な表情を正すように笑みを浮かべ、息を吐く。今しがた吐き出したため息と比べ、それはどこか軽かった。

「なんだそりゃ、悟ったように笑いやがって」

「まあ気にするな」

不満そうな顔をするチェスターとは対照的に、いくらか軽くなった心で笑う。

胸中の靄《もや》が一つとれた。そういう意味では、この爺の意見も中々のものだったのかもしれんな。

少しばかり上機嫌《じょうきげん》になった私は、シェリルへと視線を送る。そう、どちらが年上かなどはどうでもいい。

……そう伝えようとしての事だったのだが、私は一つ、いや二つ失念していた。

「……そうか、闘《たたか》って決めればいいんだ」

シェリルもまた好戦的な魔人《まじん》の血を通《かよ》わせているという事と——何より、この爺の孫であるという事を。

チェスターのどこかふざけているようで、本人的には至って真面目《まじめ》な解決法は、思いのほか深くシェリルの心に響《ひび》いていたようだ。

「……どっちがお姉さんで、お兄さんか……闘って、決めよう？」

私の瞳を真正面から見つめるシェリルの顔は、今日一番楽しそうに輝《かがや》いていた。

……これがなければ普通の子供なのだがな。

魔人の血を通わせるが故か、それとも早世した親の代わりにこの子を育てたチェスター

に似てか、シェリルという少女は何処《どこ》までも好戦的なのだ。

「おう、やったれシェリル！　スラヴァなんぞに負けんじゃねぇぞぉ」

「……困ったな。おいチェスター、貴様も煽《あお》るんじゃあない」

元はといえばチェスターがいいだしたという事もあり、場の流れは完全に拳で決めると

いうものになっていた。

正直私としてはもうどちらでも良いのだがな。そういったところで、シェリルもチェス

ターも満足しまい。

……はあ、まったく。シェリルには女の子らしく育ってもらいたいものだが、仕方がな

いか。どうせ今日ここに来たのも、シェリルの遊び相手になる事が目的だったのだ。

手合わせが少しばかり真剣になるだけか。

「ねえ、いいでしょうスラヴァくん。……遊ぼう、ね？」

先ほどまでの、眠気すら感じさせるような静かな瞳は何処へ行ったのか。その瞳はどこか嗜虐《しぎゃく》的な攻撃《こうげき》性に染まっていた。

笑みに広げられた口が、三日月を映す。

「分かった。では、移動しようか。流石《さすが》にこの場で暴れるわけにはいかんだろう」

こうなってしまったら、シェリルを収める手段は少ない。結局私はその方法として一番簡単なものを選んだ。

「――あは、じゃあ……中庭で待ってるね？」

それは、彼女の衝動《しょうどう》を満たしてやる事。即《すなわ》ち、彼女が満足するまで闘ってやるということだ。

狂気《きょうき》すらも宿した瞳を輝かせ、シェリルは元気よく駆《か》けて行った。

……さてと、お姫様《ひめさま》を待たせるわけにはいかんか。

「行くぞチェスター、案内しろ」

「へいへい、モテる男はつらいねェ」

食後の運動には過激だが、まあ良いだろう。

私はチェスターを案内に付け、きっと直《す》ぐに痺《しび》れを切らすだろうシェリルの元へと向かうのであった。

◆

「遅《おそ》い、遅い遅い、遅い！」

チェスターに連れられて中庭へと向かうと、そこには別人のように気性《きしょう》を荒《あら》げたシェリルが待っていた。

ほうら、思った通りだ。予想と同じ光景に浮かぶ笑みを掌《てのひら》の奥に沈《しず》め、私は表情を崩《くず》さずに狂気の瞳を見返す。

相変わらず、幼いながらに凄《すさ》まじい魔力《まりょく》だ。

まだ若い少女にしか見えぬシェリルは、大の大人でもそうはいないという程に暴力的な魔力を吹き荒れさせていた。

その凶悪《きょうあく》さたるや、そこいらの武術家など比にならぬものだ。一般《いっぱん》人が見れば、数百頭の虎《とら》に囲まれたような重圧を覚える事だろう。

「ふむ、これでも急いだのだが、悪かったな」

「女を待たせるのは良い男の特権ってなァ、良くいったモンだ」

だが、私達はそんな少女からの明確な敵意を受けてもなお、涼《すず》しく返した。

シェリルの癇癪《かんしゃく》は慣れているし、何より――百年以上を、チェスターに至っては七百年以上を、闘いに明け暮れてきた私達にとっては、この程度は文字通り少女の癇癪以上にはなりえない。

「……ふーん、まあいいけど。その分たっぷりと遊んでくれるんだよね、スラヴァくんっ！」

「その心算《つもり》だよ。――構えなさい、どちらが上か、決めるのだろう？」

故に私は、敢《あ》えてシェリルを煽るように構えを取った。

今日は随分《ずいぶん》と興奮してしまっているようだからな。思うがままやらせねば、収まりもつくまい。

「――あはは、そうこなくちゃ！」

物静かな先ほどとは違《ちが》い、今のシェリルは子供よりも無邪気《むじゃき》で、活力にあふれている。

あるいはこれこそがこの子の本来なのかもしれぬと思ったが、未来ある少女には血なまぐささは似合わぬ。

出来る事ならば健全に生きてほしいというのは、老い故のお節介《せっかい》か。

ともあれ、今はそれも忘れよう。この子には想いのたけをぶつけられるのは、私かチェスターしかおらんのだ、ならばそれを受け止めてやるのは友である私の役目。

祖父に生き写しの構えを取るシェリルを見て、私もまた幾《いく》千幾万と取ってきた姿勢を映す。

「よし、それじゃあ互《たが》いが構えたところで——始めィ！」

私とシェリル、二人が構えたところで、チェスターは高らかに叫《さけ》んだ。

そういえば、初めて彼女と手を合わせたのもこの場所だったな。シェリルとの初対面を思い出すと、不意に笑みを浮かべそうになってしまう。

思い出を懐《なつ》かしむとは、私も年を取った証拠《しょうこ》かと思ったが——それよりも、この子の成長が私に強い愉悦《ゆえつ》を感じさせる。

最初に出会った頃《ころ》よりも強くなった魔力の波動は、分かりやすくシェリルの成長を伝えていた。少し前と比較《ひかく》して上昇《じょうしょう》した分だけでも、人一人の平均を飲み込みそうな量だ。

それに——力だけではない、戦闘《せんとう》者としても成長している。

始めの頃は猪突猛進《ちょとつもうしん》を絵に描《か》いた様だったあのシェリルが、今では私を警戒《けいかい》して様子を見ているのだ。

私が使う武術はシジマ流と呼ばれる、我が師イワオ＝シジマを開祖とする受けの武術。

相手の力を飲み込み操《あやつ》る、後の先を得意とするこの流派に対し、先手必勝は愚《ぐ》の骨頂《こっちょう》。

幾度《いくど》となく手を合わせるうちに、シェリルもそれを理解したようだな。

いずれはその狂気をも操れるようになると良いのだが――今は、その成長ぶりを見せてもらおう。

魔力となって溢《あふ》れるほどの殺気とは裏腹に、理想的な脱力《だつりょく》によってシェリルは必殺の左拳を揺《ゆ》らし始めた。

肘《ひじ》を曲げた左腕《うで》を腹部のあたりまで下げ、見せつける様に揺らす構えはチェスターの生み出した『プライム流決闘《けっとう》術』基本の構えだ。

防御《ぼうぎょ》にこそ優《すぐ》れぬものの、鞭《むち》の様な柔軟《じゅうなん》さとバネを持って振《ふ》るわれる左拳はまさに必殺。決闘術の名に恥《は》じぬ、騎士《きし》の剣《けん》の様なこの構えは――宿敵のものながら、称賛《しょうさん》の言葉を贈《おく》る他ない。

「……見事だな」

だが称賛を贈る相手はチェスターだけではない。齢《よわい》十五にして、その絶技を完璧《かんぺき》に身につけたこの少女にこそ贈られるべきだ。

シェリルに対する私の構えは、受けに優れたシジマ流においてなお、防御の構えといわれる『流水』の構え。その名の通り、これは流るる水の如《ごと》き柔軟さを追い求め、相手の力を利用する事を目的とした受けの構えだ。

柔《じゅう》と剛《ごう》。シジマ流とプライム流。正反対だからこそ、私とチェスターは好敵手であったのかもしれない。

そして、そんな好敵手の孫と私は対峙《たいじ》している——少女と殆《ほとん》ど変わらぬ年齢《ねんれい》の、少年の身体を持って。

生まれ変わっても続く闘いに、今度こそ笑みが浮《う》かぶ。時代が変わろうと、世代が変わろうと続く闘いには腐《くさ》れ縁《えん》以上の何かを感じてしまう。

だが、それでも勝つのは私だ。

相手が友人であろうと、好敵手の孫であろうと、勝ちを譲《ゆず》るつもりはない。

大人気ないかもしれないが、負けだけは我慢《がまん》できない。幾つになってもそれは変わらないし、武術家とはそうあるべきだと思う。

真剣《しんけん》な顔つきになったシェリルを見て、私はくすりと笑みを零《こぼ》した。

これほどの才を持つ者が、私だけを見て私の前に立ちふさがっている。それが嬉《うれ》しくなったのだ。

だからこそ、だろうか。気分を良くした私は、奇策《きさく》に出る。

「な……ッ」

受けを目的とした流水の構え。百年をかけて刷《す》り込んできたそれを不意に崩し、シェリルへと向けて踏《ふ》み込んだのだ。

驚《おどろ》きに目を丸くするシェリル。くくく、どうやら悪戯《いたずら》は成功したようだな。

「かーッ……やっぱりなァ」

チェスターは頭を押さえ、楽しげに呟《つぶや》いた。

少し前に奴《やつ》と手を合わせた時、同じような手を使ったのだが、その時はあまり効果を発揮する事は無かった奇策。老獪《ろうかい》が故の対応力ではあったが、シェリルはまだまだ実戦の経験も薄《うす》い子供。効果は十二分に発揮したようだな。

シェリルに生まれた虚《きょ》を衝《つ》き、私は揺れる様な歩法で少女との距離《きょり》を詰《つ》めた。

お互いが幼い故に短い間合いが重なり、長閑《のどか》な中庭は、戦場へと変貌《へんぼう》する。

普段《ふだん》の彼女ならば、とっくに反応していただろう時間を過ぎて、ようやくシェリルの左拳が放たれる。

『透拳《バニシュ》』。プライム流決闘術の基本にして奥義《おうぎ》たる拳が、名前の通りに空へと掻《か》き消える。

高速かつ複雑な軌道《きどう》。そして、必殺の威力《いりょく》。打撃《だげき》を武器とする武術家の理想が私へと迫《せま》る。

鉄球に鎖《くさり》を付けてブン回したような一撃《いちげき》は、顔に受ければ昏倒《こんとう》は免《まぬか》れまい。魔力による防御がなければ、首から上が吹《ふ》っ飛ぶであろう一撃。

だが、機を逃《のが》した一撃は、猫《ねこ》の手にも劣《おと》る。

的確に戦闘不能を狙《ねら》う一撃へ、絡《から》め取る様にして手を這《は》わせる。顔へ向かって突き出された拳は、私の手の甲《こう》に僅《わず》かに押され、払《はら》われた虫のように軌道を逸《そ》らす。

風の塊《かたまり》が顔を撫《な》でると、私はそれと分かるようにシェリルへ笑みを向ける。

どうした、この程度か。言外に語る笑みは、シェリルの闘争《とうそう》本能を強く逆撫《さかな》でする。

強くなるシェリルの笑みに怒《いか》りを感じると、私は腕《うで》に添《そ》わせたままの手を返し、シェリルの腕を摑《つか》んだ。

しまった、と思ったろうがもう遅い。蜘蛛《くも》の糸から逃れるため、シェリルの手が引かれるが——蜘蛛の巣《す》は、もがくほどに絡まるものよ。

反射の様な力の流れ。人であれば誰《だれ》しもが取ってしまう防御の行動。シジマの技は、そんな無意識こそをあざ笑う。

「……きゃっ！」

逃れようとする身体が突如《とつじょ》として沈み、シェリルは年齢に見合う可愛らしい悲鳴を上げた。

身体が自分の制御《せいぎょ》を外れるというのは、存外に焦《あせ》りを生むもの。

走る者に足を掛《か》ける。私がシェリルの腕を取ってした事は、例えるのならばそんなところだ。

力の流れを感じ取り、方向に対し少し力を加えてやる。人の身体というのはその複雑さ故か、そういった僅かな歪《ゆが》みを苦手とする。

それを理解していれば、他人の身体を動かすくらいはたやすい。

「な、んでっ！」

取ったままの腕を捻《ひね》り上げると、腕が稼働《かどう》域を外れぬようにと、シェリルの身体は腕を追いかけ始める。

身体が腕を、ではなく、腕が身体を動かすとはなんとも滑稽《こっけい》なものよ。崩れた体勢のままに私を回るシェリルに、私は足を掛けた。

崩れた身体は足を取られて宙へと投げだされる。支えすらもない完全な無防備を晒《さら》すシエリルの腹部に、私は掌打《しょうだ》を打ちこんだ。

少女の華奢《きゃしゃ》な身体は小石を弾《はじ》いたかのような勢いで地面と平行に飛んでゆく。いくらシエリルが軽いとはいえ、数十キュロを超《こ》す人の身体をそのように飛ばす勢いというのは、弱くない。

いうまでもなく、この掌打は十五の少女に打ち込むものでもない。だが私は掌打を放ったあと、体勢を崩す事もなく、ようやく地面に戻《もど》ってきたシエリルを見据《みす》えていた。

「あ、はは――あはははははは！　最高！　最ッ高だよスラヴァくん！」

嬉々《きき》として叫ぶ少女に、目立ったダメージは見当たらない。幾度となくシェリルと手を合わせた私が、これならば大丈夫《だいじょうぶ》だと手加減したのだ、それは当たり前だろう。

しかし、ようやく引き出せたな。

口の端《はし》に血を滲《にじ》ませながらも裂《さ》けんばかりに笑うシェリルは、とてもではないが年齢通りの少女には見えなかった。

普段の気だるげなシェリルから想像もつかないこの姿は、彼女が極限まで昂《たかぶ》った時に訪れる。

エルフと魔人の血を半分ずつ受け継《つ》ぐシェリル。大人しい彼女をエルフの彼女とするならば、狂気《きょうき》を纏《まと》うこの少女は、魔人としてのシェリルなのだろう。

だとするのならば、それを含《ふく》めて思いの丈《たけ》を受け止めてやるのが、友人というものだろう。

「来なさい」

魔力を高め続けるシェリルに掌を向け、挑発《ちょうはつ》する。

言葉と仕草で「来い」と示されたシェリルは、怒《おこ》るよりもむしろ楽しそうに、不利をも考えずに地を蹴《け》った。

激情で完全を歪めた構えは、それでもより大きな魔力を持って、先ほど以上に鋭《するど》い打撃を量産していく。

一撃必殺の乱打を前に、私は鎮《しず》まる水のように落ち着いて、それらを捌《さば》いてゆく。

殆どは体捌きで避《よ》け、それでも追ってくる一撃は先ほどのように払いのけた。

幾らでもある反撃《はんげき》の機会を、私は悉《ことごと》く見逃していた。

この闘《たたか》いを終わらせる事は簡単だ。祖父のチェスターと闘《や》る様にして、本気を出せばその時点で『闘い』は終わる。

だが私はこの溢れる才を前にして、闘いを終わらせる事を好《よ》しとはしなかった。

既《すで》にそこいらの武術家では相手にならぬほど磨《みが》かれた武は、それでも磨けば伸《の》びる余地を残している。

勝ちを譲るつもりはないし、友人といえども他人に手解《てほど》きをする余裕《よゆう》もない。

それでも私は弟子を持ち、未来ある若者達の指導に当たっていた頃を思い出していた。

最強という二文字を目指し邁進《まいしん》する今、誰かにあれこれと教えている暇《ひま》はない。しかし、この子が闘いの中で何かを感じるのならば——やがてこの子は、私と並び、好敵手となるだろう。

くくく、なんとも楽しみではないか。チェスターがシェリルを溺愛《できあい》するのもよく分かる。

これは甘やかしたくもなるというものだ。

とはいえ、それは祖父であるチェスターの仕事。友人である私には、この子が間違《まちが》った道に進まぬように正してやる必要がある。

疲《つか》れか、魔力の枯渇《こかつ》からか、シェリルの動きが僅かに鈍《にぶ》ってゆく。

頃合いだな。私は速度を落とした拳を、掌で包み込むように受け止める。

左拳の解放を求めて、シェリルの右手が奔《はし》る。しかし万全《ばんぜん》で打ち込めぬ一撃が何かをつかみ取る事は、決してない。

力みの歪みを左手から察知した私は、拳が届くよりも速くシェリルの足を払った。

右の拳を届かせる事だけを見ていたシェリルはとっさの事に反応出来ず、その背を中庭の芝生《しばふ》へ預ける事となった。

そこへ私は、空いた左の拳を握《にぎ》りしめて振《ふ》り下ろし――シェリルの顔の前で、静止させた。

「……むう、まいった……」

青空を背景に私を見つめるシェリルの瞳《ひとみ》は、普段の気だるさを感じさせる穏《おだ》やかな光を戻していた。

結果自体は闘う前から決まっていた事とはいえ、その結末は少しばかり私の予測を外れていた。

まさか、この子が投了《とうりょう》を選ぶとは。

血反吐《ちへど》を吐《は》こうと骨を折ろうと笑って立ち向かってくるシェリルから飛び出た降参に、私はほんの一瞬《いっしゅん》だけ目を丸めた。

だが、それも僅かな間の事。素直な嬉しさを顔に浮かべた私は、握った拳を開いてシェリルへと差し出した。

「……また、勝てなかった。ざんねん」

シェリルは言葉の通りに眉尻《まゆじり》を下げて、手を取って立ち上がる。

いくら才溢《あふ》れる子とはいえ、いくら次代を担《にな》っていく少女だとはいえ、今は私もまた新たな世代を生きる武術家の一人。そうそう後《おく》れを取る事は許されん。

だが――

「だが、腕を上げたな。それに、よく降参を選べた。私は嬉しいぞ」

狂戦士という言葉を連想させるような彼女が、状況《じょうきょう》を考えて自ら負けを選べるようになった。そんな成長が、いまはただ嬉しかった。

「でも……負けちゃったから。……スラヴァくんのお姉さんに、なりたかったな」

それも、しっかりと勝ちたい理由がある勝負での話だ。

「それなのだがな、エルフとしてはシェリルの方が年上であることもある。私はシェリルがお姉さんという事でも、良いと思うぞ？」

気分は晴れやかで、自分でも不思議なほど私は機嫌《きげん》を良くしていた。

明るい気分に任せてそんな事をいうと、シェリルは見る見るうちに目を輝《かがや》かせていた。

「それに、年を取ると若いといわれる方がありがたくてな。勝負にも勝った事だし、ここは私に答えを選ばせてはもらえんかね」

「……うんっ！　それで、いいと思う！」

「くくく、まあ何時《いつ》の日か、年下の方が良くなるかもしれんがな」

両手を挙げて喜びを表現するシェリルに、思わず笑いの声を上げてしまう。

年を取ると――といっておきながらシェリルを年上というなど、少し考えただけでもおかしいが、シェリルはそれに気付いていない様子だ。

まったく、こういうところは本当に子供らしくて、可愛いものだ。

くるくると回り、スカートを広げながら中庭を駆《か》け回るシェリルを見つめていると、先ほどの悩《なや》みが馬鹿馬鹿しくなってきた。

……そう、年齢《ねんれい》など、些細《ささい》な問題だ。穏やかで幸せな今がある。それこそが一番重要なこと。

昔からの好敵手は一度死んだ私が呆《あき》れかえってしまうほど壮健《そうけん》で、未来の好敵手は羨《うらや》ましくなるほどの才に恵《めぐ》まれていて、私は若い身体でまた武の道を歩む事が出来る。

そんな事に比べれば、年下か年上か、私が若いか老いているかなど些細な問題だ。

「……スラヴァくんっ！」

はしゃぎまわるシェリルが、ふと何かを思い出したように私の元へと駆けよってくる。

その様は年齢よりも幼く、見た目通りの少女らしい爛漫《らんまん》さに包まれていた。

「む、どうしたね」

「このお休み中、いっぱい、いっぱい遊ぼうね！」

……まったく、シェリルがこうだから、なんだかんだと文句をいいつつこの家を訪れてしまうのだ。

子供というのがこんなにも可愛いのならば、前世でもせめて結婚《けっこん》くらいはしておいた方が良かったかもしれんな。

「……ああ、そうだな」

肯定《こうてい》するようにシェリルに答えを返すと、それが嬉《うれ》しかったのかシェリルはまた駆けだした。

そんな様子に一度視線を送り、私は空を仰《あお》ぐ。

空は清々《すがすが》しいほどの快晴で、まるで私の心を映しているようだった。

——武に身を捧《ささ》げて百と余年。エルフの身でやり直す修行の道。最強というたった一つを目指す以上、その道のりは過酷《かこく》なものとなるだろうが——それでも、彼女と歩む道は、きっと私にとって大切な意味を持つのだろうと思った。

あとがき

まずはお礼から。『武に身を捧《ささ》げて百と余年。エルフでやり直す武者修行』を手にとって下さり誠にありがとうございます。赤石赫々《あかしかつかく》です。

四巻から続く前後編としての構成は初めてでしたが、如何《いかが》だったでしょうか。毎度おっかなびっくり書きつくっている私としては、新しい形式に肝《きも》っ玉《たま》がひえひえです。

それでも無事にこうして本を一冊送り出すことが出来たのは、イラストレーターのbun150様や、ファンタジア文庫様、そしてこの本を手にとってくださった皆様《みなさま》のお陰《かげ》でございます。重ねて感謝を申し上げます。

さて、ではお礼も申しましたところで……疲《つか》れたー！　でもこれで一段落です。

『武エルフ』は小説家になろう様に掲載《けいさい》させて頂いた物をファンタジア文庫様に書籍《しょせき》化していただいた、という代物《しろもの》なのですが、実は今回は小説家になろう様に掲載していない所謂《いわゆる》「書き下ろし」が半分近くを占《し》めているのです。

四巻までは既《すで》に公開したものに手直しと加筆をして完成、という感じなのですが、今回は色々な関係で書き下ろしを多く書く事になったので、いつも以上に疲れました。

しかしそれ以上に楽しかったなあ。スラヴァの前世のお話や、チェスターとの再戦は前々から書きたかったお話なので、それを書けたのは非常に楽しかったです。

この様な機会に恵《めぐ》まれたのも皆様のお陰でございます。これより先、五章のお話はこのあとがきを書いている時点でWEBの方でも書いておりませんが、五章も皆様に見ていただけたらいいなあ、と思いをはせております。その前にキーを叩《たた》け、という現状でございますが……

……と、いったところで今回も筆を置くこととといたしましょう（キーを叩くといったばかりだけれど）。

願わくば、六巻でまたお会い出来ることを祈《いの》っております……！

赤石《あかし》赫々《かっかく》

【初出】「特別編　お兄さん？　お姉さん？」ドラゴンマガジン2014年9月号

富士見ファンタジア文庫

武《ぶ》に身《み》を捧《ささ》げて百《ひやく》と余年《よねん》。
エルフでやり直《なお》す武者修行《むしやしゆぎよう》 5

平成27年8月25日　初版発行

著者——赤石《あかし》赫々《かつかく》

発行者——三坂泰二

発　行——株式会社KADOKAWA
http://www.kadokawa.co.jp/
〒102-8177
東京都千代田区富士見2-13-3
電話　03-3238-8521（カスタマーサポート）

印刷所——暁印刷

製本所——BBC

※定価はカバーに表示してあります。
落丁・乱丁本は、送料小社負担にて、お取り替えいたします。KADOKAWA読者係までご連絡ください。（古書店で購入したものについては、お取り替えできません）
電話 049-259-1100（9：00～17：00／土日、祝日、年末年始を除く）
〒 354-0041 埼玉県入間郡三芳町藤久保550-1

ISBN978-4-04-070697-9 C0193

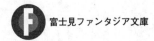

第29回
ファンタジア大賞
原稿募集中！
賞金
大賞
300万円
最強に面白い作品、
待ってるわよ！
選考委員
第17回受賞
第17回受賞
第20回受賞
葵せきな×石踏一榮×橘公司
「生徒会の一存」「ゲーマーズ！」
「ハイスクールD×D」
「デート・ア・ライブ」
×ファンタジア文庫編集長
締め切り
第29回後期
2016年2月末日
「空戦魔導士候補生の教官」
著：諸星悠　イラスト：甘味みきひろ（アクアプラス）
投稿＆速報最新情報
ファンタジア大賞WEBサイト http://www.fantasiataisho.com/
富士見ラノベ文芸大賞も同サイトで募集中